———— 阅读之前 没有真相

午夜文库

下町火箭4：八咫鸦

[日]池井户润 著

吕灵芝 译

新 星 出 版 社　NEW STAR PRESS

主要登场人物

佃制作所：
佃航平：社长
山崎光彦：技术研发部部长
津野熏：营业第一部部长
唐木田笃：营业第二部部长
江原春树：营业第二部
轻部真树男：中坚工程师
立花洋介：变速器研发小组成员
加纳亚纪：变速器研发小组成员

帝国重工：
财前道生：宇宙航空部
藤间秀树：社长
的场俊一：董事
奥泽靖之：机械制造部部长
佃利菜：工程师，佃的女儿

其他：
殿村直弘：水稻种植户，原佃制作所财务主管
岛津裕：工程师，原幽灵传动副社长

野木博文：北海道农业大学教授
伊丹大：幽灵传动社长
重田登志行：代达罗斯社长

八咫鸦。

神日本磐余彦尊决意东征，可是在穿越天险熊野时遇到困难，于是天照大神派出了她的"神使"，那就是八咫鸦。

八咫鸦有三足，各代表天、地、人。

神日本磐余彦尊在八咫鸦的引导下，鼓舞士兵翻越山岭，平定了古代大和之地，改名神武，成为日本初代天皇。

八咫鸦的信仰和崇拜延续至今，日本足球协会还以它作为标志。

本书出现的"八咫鸦"，是由帝国重工大型火箭送往宇宙的准天顶卫星的名称。

目 录

1	第一章 新的提案与探讨
41	第二章 项目概要与变迁
71	第三章 宣战。各自的战斗
97	第四章 尊严与空罐
139	第五章 福祸的螺旋
161	第六章 围绕无人农机的政治展望
187	第七章 视察比赛
219	第八章 帝国的逆袭与模式转变
249	第九章 战场上的清唱剧
283	最终章 相关人员的日常与反思

第一章 新的提案与探讨

1

岛津裕走在通往车站的平缓坡道上，背影渐渐变小。

不一会儿，她的身影就融入建筑物的影子里看不见了。佃航平这才安静地从窗边走开，拉出办公桌旁的椅子，缓缓坐了下来。

这里是位于大田区上池台高地的佃制作所社长室。

财务主管殿村直弘因个人原因离职，佃在帝国重工的知己财前道生也刚刚调职。

如今，又有一个重要的人离开了佃。

没有任何借口，带着深深的伤痛，前路迷茫——一想到对方的心情，佃就感到胸闷。

之前是不是该再认真一点听她讲话呢？是不是该多鼓励她几句呢？

"我真没用。"

佃咂了一下舌，右手撑住额头皱起了眉。接着他长叹一声，盯着天花板看了一会儿，随后认命地垂下目光，却瞥到了一个东西。

他发现会客沙发旁放着一个小小的拐包，那是岛津时常随身携带的包，上面有个挺可爱的图案。

应该是她忘拿了。

真是岛姐的风格。

佃忍不住笑了笑，然后站起来，再次俯视窗外的道路。

自从那件事之后，佃制作所的员工们就开始亲切地管岛津叫"岛姐"，佃也学着他们这样称呼起来。

他站在窗边，凝视着她刚才消失的方向。

春日柔和的夕阳洒落在住宅区上。

岛津的身影又出现了。

她应该是想起自己忘东西了，一脸慌张地快步走来，脸上生动的表情让人忍不住想笑。

这么说虽然有些失礼，不过她确实不像个号称"天才"的工程师。

"不好意思，我忘东西了。"

不一会儿，岛津又出现在社长室，接过佃递过去的挎包，低下了头。

"那再见啦。"

"岛姐。"她转身要走时被佃叫住了，"难得来一趟，不如去见见公司的其他人吧。"

"这……"岛津表情一变，抬手拦住了佃，"我没有资格靠近佃制作所的研发区域，现在我已经不是幽灵传动的员工了，而且——我还背叛了你们。"

幽灵传动是一家变速器厂，也是佃制作所非常重要的合作伙伴——事情本应如此。

"你就别在意这个了。"

"不，可是……"

岛津低下头，佃对她说："岛姐，生意都是人做的，这世上既有无法理解的事情，也有不遂人意的事情。可是啊，我们都只能去接受那些，不是吗？这次不全是岛姐的错，至少我是这样想的。公司里的其他人肯定也这样想。快走吧。"

岛津似乎想通了，抬起头来。

"那就请让我跟大家打声招呼吧。"

"快请，快请。"

佃走在前面，中途突然停下来，露出调皮的笑容说道："其实还有个挺有意思的东西想要给你看。"

"这不是岛姐吗？"

二人一走上三楼，就被眼尖的技术研发部部长山崎光彦发现了。他顶着标志性的爆炸头，笑容满面地走了过来。

"你怎么来了，一个人吗？"

变速器研发小组的轻部真树男、立花洋介和加纳亚纪等人发现岛津来访，也都走了过来。这都是些再熟悉不过的面孔。

"嗯，是啊。"

岛津虽然露出了笑容，目光却有些闪烁。她朝佃看了一眼，仿佛在求助。

"是这样的……"佃说到这里顿了顿，问岛津，"我来说明可以吗？"得到许可后，他说起了前因后果。

出于各种无奈的情况，两年前，佃决定踏入变速器领域——

因此，新型变速器厂商幽灵传动就成了他们重要的合作伙伴，以及带领他们进入该领域的中间人。

可是，幽灵传动的社长伊丹大不知为何决定与佃制作所的竞争对手代达罗斯进行资本合作。又因为经营方针对立，把合伙人岛津裕赶出了公司。

岛津今天来佃制作所，就是为了告知幽灵传动的方针变更和自己离职的消息。

对佃制作所来说，这无疑是极大的打击。

佃讲述的时候，轻部抱着手臂，表情渐渐僵硬，最后鼓着脸颊看向天花板。老实死板的立花只是一脸认真地注视着岛津。亚纪听得愕然，拧起眉毛同情地轮流看着佃和岛津。其他员工也都十分惊讶，现场被沉重的静默笼罩。

"各位，真的很对不起。"

佃解释完之后，岛津深深低下头道歉。

没有回应。

倒不是被气得没话说，而是对这毫无道理的事态发展充满疑问和困惑。

"这根本不是岛姐的错啊。"亚纪的一句话让岛津抬起头来，"岛姐不是为了我们苦战了一番吗？如果你是因为这个才在公司待不下去的，应该道歉的是我们才对。"

"不，没这回事。"岛津慌忙摆手，"事情会这样都是因为我能力不足。你们这么担心幽灵传动，帮了那么多忙，结果竟变成这个样子。"

"岛姐。"佃掏出手帕，叫了岛津一声，"你专门过来说这种很难说出口的话，我觉得真不愧是岛姐的性格。这次的事情我也很遗憾，不过也不稀奇嘛，生气也于事无补。"

几名员工点了点头，不用说，在场所有人都同意佃的说法。令人惊讶的是，连性格倔强的轻部也双眼湿润，注视着岛津。

这帮家伙都是好人哪，佃不禁在心里感慨。

"岛姐，你今后打算怎么办？"此时立花一脸认真地提出了这个问题。

"还没决定，毕竟工作刚辞掉。"

岛津露出寂寥的笑容。

"既然如此，不如跟我们一块儿干吧。拜托你了。"

立花提出了连佃都大吃一惊的建议。

"喂，立花，你怎么突然——"

佃正要说他，却被打断了。

"拜托你了。"

佃听到这句话便沉默下来。是亚纪，她也极为严肃地看着岛津。

"我想跟岛姐一块儿工作。拜托了。"

面对这过于直白的请求，岛津似乎一时间说不出话来。

"好了，你们冷静点。"佃出来打起了圆场，"一个个的都不把我这个社长放在眼里了吗？先别说这个，快把那东西拿给岛姐看看吧。"

佃换了个话题，含泪的岛津转过头来。

"那东西？"

"来，这边请。"

佃在前面带头，走向办公区深处。

"这是……"

一行人在办公区一角停了下来，岛津马上被摆在工作台上的东西吸引了目光。

那东西在灯光的照射下散发出银色的光辉，是个正在组装的变速器。

"这个变速器……"岛津仔细看了一眼，惊讶地抬起头来，"是佃先生自己研发的吗？"

"我们试着做了一个，毕竟光顾着搓手做不成任何事情。"佃说。

岛津似乎很感兴趣，把变速器翻来覆去看了一会儿。是农机上用的变速器。

"我们稍微参考了岛姐在幽灵传动设计的产品,还不错吧?当然,知识产权方面都确认过了。"轻部说道。

"没关系。我觉得这个很好。"岛津盯着变速器,一脸认真地回答完又猛地抬起了头,"啊,不过这东西应该是佃制作所的内部机密吧?"

佃笑着摇了摇头。

"我就是想请岛姐看看,要是你有什么意见,尽管提出来好吗?大家都特别需要变速器方面的知识,每天都在想方设法做出更好的东西来。"

立花和亚纪等人已经围到了佃身边,都表情严肃地等着岛津的评价。

"是吗,既然如此……"

岛津马上提出了几个技术问题,立即与变速器研发小组展开了活跃的意见交换。

岛津裕在帝国重工工作时是被称作天才的技术员。

此时她提出的问题不包含算计,也丝毫没有自负,对听得着迷的立花这些年轻技术员来说,一言一语都是难能可贵的经验。

可是——站在他们背后听着热闹讨论的佃心中却十分愤慨。这个人如此热爱技术,为制造业奉献了人生,怎会有人夺走她发挥才能的空间。

帝国重工如此,幽灵传动亦如此。岛津此前置身的组织到最后都只把她视作一个齿轮,把她当成即用即弃的消耗品。

个人的方便、面子和利益,无论其中掺杂着怎样的隐情和纠葛,这样的结局也实在太无情了。

"想在公司和组织内部混得如鱼得水很难啊。"佃小声感慨着,旁边的山崎点了点头。山崎也对岛津心怀同情。

"对我们来说，离开了制造一线，就相当于整个人的存在都被否定了啊。"

山崎的眉毛扭成八字，转头看着佃，说："社长，您能帮帮她吗？现在这个样子的岛姐实在是太可怜了。"

2

"果然还是制造现场让人开心啊。"岛津叹着气感慨道，这句话似乎并非对谁说的，而只是自言自语。

一行人来到公司附近新开张的日料店"志乃田"，坐在和式席位上。

消息灵通的营业部"少主"江原春树大约半个月前听说"附近开了家很小的和食店，据说评价很不错"，之后他们过来吃了一次，佃一下子就喜欢上了这个地方。

店主在八重洲的和食老店学艺出师后，跟妻子一道开了这家小店。这里东西好吃，老板娘又特别勤快，像今天这样招待重要客人的场合最适合到这里来。

"岛姐，你今后打算怎么办？有地方去吗？"

推杯换盏间，佃热络地问了一句。

"目前还没有。"岛津露出自嘲的笑容，摇了摇头，"我也想过要不要回大学，不过好像有点难。"

"既然如此，不如跟我们一起干吧？"佃再次提出这个建议，"刚才你也看到了，今后我们准备正式进入变速器领域，要是岛姐能帮我们一把，那就是雪中送炭啊。公司里的那帮人肯定会特别高兴。你能考虑考虑吗？"

岛津脸上露出喜色，但很快便消失了。

"我有点累了。"她微微低下头，小声说道，"以前那么拼命，结果落下了什么呢？我的心情一直调整不过来。"

七年前，岛津受到帝国重工的同事伊丹大的邀请，一起创立了变速器专业厂商幽灵传动。在帝国重工这个组织里，他们都是被排挤到角落的人。对他们来说，这次创业无疑是赌上了人生的冒险。

岛津设计出了新型变速器，伊丹则策划出一套经营模式。他们不做自主生产，连一颗螺丝都要外包出去，是一家没有自家工厂的创业公司。

这家公司作为新成立的变速器厂商，在崭新的理念下起步，一开始经历过苦战，不过五年前拿下了爱知汽车的紧凑型家用车量产订单，好不容易走上了正轨。

可是，就在公司总算成长起来的时候，两名合伙人的关系却破裂了。

看似运行顺畅的齿轮间究竟为何出了问题？佃并不知道详情。

或许连岛津自己也不知道。

"佃先生，对不起，能再给我一点时间吗？"

岛津低下头。考虑到她的心情，佃也不好再说什么，只能这样回答："嗯，我知道了。我们公司任何时候都欢迎你。"

"凡事总有不顺啊。"离开日料店，送岛津走进车站检票口后，山崎叹了口气说道。

"是啊。"佃赞同道。

"竟然跟那个代达罗斯搞资本合作，伊丹先生究竟在想什么？还把岛姐给赶出来了。"山崎气哼哼地咂舌，然后长叹一声，"财前部长走了，主公走了，现在连岛姐也……怎么说呢，真是太让人泄气了。"

上个月底,在帝国重工管理大型火箭发射项目的财前正式离开现场,调动到了新部门。这相当于佃制作所失去了大型火箭发射部门里的强力后盾。

另外,今年三月,佃制作所的财务主管,佃最信赖的军师,人称"主公"的殿村直弘,为了继承家里的土地而离开了佃制作所。

"而且,伊丹先生跟代达罗斯合作,总给人一种不好的预感。"山崎右手挠着下巴,狐疑地眯起眼睛,"那可是代达罗斯啊,肯定要搞事情。"

代达罗斯近年来快速崭露头角,在小型发动机行业获得了一定地位,目前是佃制作所最大的竞争对手。

"很有可能。"

佃叹着气,心里也很不安。

幽灵传动选择与代达罗斯合作,换个角度来理解,就是否定了与佃制作所之间的关系。

本来佃还计划在赢得竞标后为幽灵传动的变速器提供阀门,现在这个情况,恐怕很困难。

不仅失去了重要的伙伴,还被进入变速器领域的第一个落脚点、至关重要的合作对象——幽灵传动,不,是被社长伊丹玩弄了。

"这种时候要是主公在就好了。"

也难怪山崎会忍不住感叹,可尽管如此,他们也不能就这样束手无策,任由情况发展。

因为他们必须生存下去。

包括宇都宫市的工厂,佃手下有近三百名员工。他们和他们家人的幸福，全都压在佃航平的肩上。

无论多么不安，无论情况多么不利，他都必须找出一丝生机，必须保护公司和员工们。经营者要做的不是哀叹和后悔，而是有远见地展开行动。

"先跟伊丹先生谈谈吧……"

可能是五反田方向开来的电车到站了，大批人群从检票口涌了出来。佃逆着人潮而立，低声自语道。

3

第二天早晨，佃航平给幽灵传动的伊丹打了通电话。

"好久没见您了，想过去问候一下。"

佃开口说完，伊丹沉默了一会儿才回答。

"不劳您费心了。"

对方似乎不太情愿。

"您别这么说，请问今明两天有空吗？如果您人在公司，我想跟您见一面。"

电话那头传来思索的沉默。这是自然，一见面就可能谈到跟代达罗斯搞资本合作的事情，伊丹应该料到佃知道这件事了。

在背叛的事实之上还要保持亲密合作伙伴的姿态，想想就不舒服。

"今天傍晚应该可以……"

伊丹的回答听起来有点厌烦，让佃有种抹不去的异样感。

去年，幽灵传动被起诉侵犯专利权，一度面临存亡危机，正是佃把他们给救了回来。

已经辜负了那样的诚意，那么于情于理都应该由伊丹主动打这声招呼。

原来他是这样的人吗？佃突然想道。

"您几点方便呢？我配合您的时间。"他问。

"那就五点吧。不过我没什么时间，请您安排三十分钟左右。"

此人生长在小城镇，看着经营城镇工厂的父亲的背影长大。佃所熟悉的伊丹，应该是个大大咧咧却不缺乏人情味的人。

可是，电话那头传来的疏远感又是怎么回事？

"那我就五点拜访，打扰您了。"

佃结束通话，凝视着社长室窗外的大田区住宅楼，阴郁地叹了口气。

到大田区下丸子的幽灵传动，开车只要二十分钟，然而这次路途显得格外漫长。

山崎开车，佃坐在副驾驶座上，一路沉默，忙着思索等会儿要怎么跟伊丹谈话。

"对方开口之前，我们最好别提岛姐说的事情吧。如果我们泄露了信息来源，可能会给岛姐添麻烦。"

山崎好像也在思考同样的问题，那就是伊丹跟代达罗斯的资本合作。

"总之先看对方怎么说吧，反正迟早都要提这件事。"佃回答，"搞不好他能给出我们可以接受的理由。"

他并不认为真有这种可能，但希望事情会变成这样。

直到此时佃好像才明白心中那种疙疙瘩瘩的感觉是什么。

说到底，佃对伊丹大这个人，还有幽灵传动这家公司，投入了太多感情。

如果换成别的合作对象，以佃的性子，肯定会怒火中烧。可是此时他做不到，因为他心里始终有个念想，想去相信跟他一样在小城镇长大的伊丹。

要是他能发怒，反倒会轻松不少。可正因为怒不起来，心情才会这么烦躁，一腔激情无处发泄。

不一会儿，已经能透过前窗看到幽灵传动个性十足的建筑了。伊丹把父亲留下来的老房子改造了一番，做成复古而摩登的幽灵传动总部，给人一种不可思议的印象。

他们把车停在屋后的客用停车场，走进正门，两边是展示变速器的柜子，里面是一间小小的办公室，员工们正在工作。一个年轻人发现佃一行走了进来，把他们领到了会客室，这里跟办公室只有一道玻璃门相隔。佃定睛一看，不久前还属于岛津的座位上坐着一个陌生男子，正盯着电脑屏幕。

"他们已经找到人代替岛姐了吗？"小声咕哝的人不是佃，而是山崎，"是不是先找到了代替的人，才把岛姐赶走的呀？"

"久等了。"他们在会客室等了几分钟，伊丹走了进来。

这人还是一脸凉薄，乍一看很难接近。他在佃和山崎对面的扶手椅上坐了下来。

"最近都没怎么问候您，我就想来打听打听，山谷那边的新变速器谈得怎么样了？"佃开口道。

山谷是跟佃制作所交往甚密的大型农机厂商，幽灵传动打算给山谷的新款机型提供变速器。此前佃煞费一番苦心通过投标拿到的订单，就是那台变速器的阀门。

就算赢了竞标，要是幽灵传动的变速器不被山谷采用，就轮不到佃出场。

"哦，负责人还没跟您联系吗？"伊丹露出惊讶的表情，"其实山谷那边的经营计划有变,听说整个变速器的研发都要搁置。"

"这事我没听说啊……"

佃惊得无语了。

"反正事情就是这样,难得您来参加竞标,只是恐怕没戏了。"

伊丹的语气很平淡。

"不过,这对贵公司来说也是不小的打击吧?且不论变速器的研发费用,这么一来,进军农机行业的打算也落空了。不能再想想办法吗?"佃问道。

"不,我们改以其他形式加入。"

伊丹说出了意外的话语。

"另外的形式是指……"山崎问道。

"这个目前还要保密,不能详细说明。"

伊丹开始含糊其词。

"假设不是山谷的新产品,莫非是现有拖拉机产品的变速器订单吗?"

"不,是新型农机。"

佃有点搞不明白了。

"那是要将这次研发的变速器应用上去吗?"

"嗯,是这么回事。"

伊丹的回答让佃心里泛起了涟漪。

"既然如此,能使用我们的阀门吗?虽然不知道那个新型农机是什么,可我们毕竟是通过竞标获得了认可的。"

"那可不行。"伊丹漫不经心地说,"我们已经决定发给大森阀门了。"

佃闻言面色大变,不禁怀疑自己的耳朵出了问题。等他回过神来，已经脱口而出："不能这样吧，伊丹先生，我们给贵公司帮了不少忙啊，不是吗？还有诉讼那件事。你现在突然说我们好不容易研发的阀门用不上，因为新型变速器的阀门订单要发给我们的竞争对手，这也太过分了吧。"

"什么竞争对手？"伊丹嗤笑一声，"大森阀门不能算贵公司的竞争对手吧。人家可是稳如泰山的大企业。"

"请等一等。贵公司在上次投标中不是选择了我们公司的阀门吗？"

"上次是上次，这次是这次。"

这句话呛得佃无言以对。

"伊丹先生，您知道我们有多期待跟贵公司合作吗？既然那单生意要黄，您怎么不早点通知我们呢？"

佃强忍着内心熊熊燃起的怒火。

"那是贵公司的事情。"伊丹冷冷地回答，"而且此事还没定下来，难道我还要向你做过程汇报吗？负责人没联系你，但那也不是他的义务，别的外包厂商可没有这么多要求。"

伊丹把佃制作所当成区区一家外包商舍弃了。

"伊丹先生，我是觉得我们能长期合作下去，才会在上次的诉讼上帮你忙的啊。"

"那件事非常感谢。"

伊丹双手撑在膝上，坐着向他行了一礼。

"可是，请您不要过于发散了。我们有我们自己的商业模式。"

"您的意思是，贵公司的商业模式里没有我们的一席之地吗？"

"十分抱歉，目前确实没有。"

伊丹说完就站起身，准备结束谈话。

"请等一等，伊丹先生……"佃开口把他叫住了，"我听说贵公司要跟代达罗斯展开资本合作，这是真的吗？"

伊丹看着佃的眼睛里彻底没了感情。

"你听谁说的？"

"我是碰巧听说。"佃回答，"您应该不会做这种事吧？代达罗斯可是我们的竞争对手。您刚才提到了商业模式，可是生意都是人做的，作为一个人，我很难相信自己会遭到这样的背叛。"

伊丹默默地注视着佃，突然笑了一声。

"肯定是岛津那个人说出去的吧。"

"这种事，从各种地方都会传出去。"

佃刻意模糊焦点，伊丹则用力深吸一口气，再吐出来。

"既然你都知道了，那我也就不否认了。正是如此，我们跟代达罗斯展开了资本合作。今后，本公司跟代达罗斯会在业务层面进一步加深合作。如果您期待与本公司有业务合作，那么实在很抱歉，我们也要生存下去。"

"您的意思是跟我们合作就生存不下去吗？"佃直视着伊丹，这样问道。

"嗯，就是这么回事。"

"伊丹先生，您开玩笑也要有个限度。"佃感到脑中有根弦绷断了，"我活了这么多个年头，还是头一回遭到这样的背叛。这让我痛恨自己竟然相信过你。"

"那真是对不住了。"

伊丹不带任何感情地说完，厌烦地长叹一声，继续道："您怎么想都无所谓，总而言之，事情就是这样了。我们谈完了吗？"

说完他就匆匆离席，单方面结束了谈话。

凝重的沉默笼罩会议室。

里面坐着佃、山崎，还有轻部等变速器研发小组成员，以及营业部相关人员。

"刚才我联系了幽灵传动的柏田先生，他以为我们早就知道山谷那个单子已经黄了。"营业部的江原汇报道。

"怎么可能？！"第一营业部部长津野熏恶狠狠地说，"而且就算我们跟山谷有来往，听说了这件事，这种重要事项也应该由幽灵传动正式知会才对吧。"

"结果那场竞标一点意义都没有吗，真是太让人丧气了。"

担任阀门研发组组长的轻部双手托住后脑勺，忧郁地盯着天花板。

"那个，我能问个问题吗？"

立花微微举起了手。"伊丹社长为什么会变成那样？我觉得他不是那种人啊。"

"好像是因为忘不掉过去。"

佃把岛津说给他的话原样重复了一遍，其实他自己也很难接受。据说伊丹之所以跟代达罗斯意气相投，是为了向的场俊一复仇。的场是有望成为帝国重工下任社长的优秀董事，以前让伊丹吃过不少苦头。

"前一份工作留下的怨恨吗？"第二营业部部长唐木田笃难以释然，"那他准备记到什么时候？"

"不管理由是什么，总之对方说不需要我们了，对吧？"津野说着，怒目圆睁，"那正好。"

"可是社长，您不觉得奇怪吗？"一直没说话的山崎开口道，

"伊丹先生提到跟山谷有另一种形式的合作，那到底是什么啊？津哥，你听说什么没？"

津野也很困惑。他是第一营业部部长，负责佃制作所主力发动机产品。山谷订购了他们的小型发动机，所以他经常出入对方公司，要是有什么动向，津野应该能听说。

"我觉得没什么特别的动向，你呢？"

他转向负责跟山谷对接的埜村耕助。

"我也没听说。"

埜村摇了摇头。

"该不会又被代达罗斯抢了先，才把我们蒙在鼓里吧。我看最近山谷的态度，这也并非不可能。"唐木田尖锐地指出。

"那倒不会——"

津野正要反驳，却被佃打断了。

"好了，总而言之，麻烦津老弟继续收集山谷那边的信息，万一有新的项目，就试探试探有没有我们加入的空间。不管怎么说，跟幽灵传动的合作暂时泡汤了，变速器阀门目前还没有其他合作对象，唐木田先生，就拜托你继续跑了。"

唐木田管理的第二营业部负责发动机以外的机械产品销售，当然变速器也包含其中。他曾在外资企业担任营业部部长，手腕十分了得，不仅是公司里首屈一指的论客，还是个战略专家。

"伊丹社长不是说跟我们合作活不下去吗？"唐木田燃起了斗志，"既然如此，我就证明给他看，让他知道自己错了。佃制作所可不是被人过河拆桥却只能一声不吭的软蛋。"

佃制作所举全员之力在幽灵传动危急之时帮了他们一把，结果却是这样——

会议室里充满不甘和找不到出口的怒气。

结束会议后佃回到办公室，倒在椅子上仰天长叹。

跟合作对象一刀两断非常简单，可是经营节奏被打乱的坑却不那么容易填平。

中小企业的经营之路从来不是顺风顺水的，不仅曲折，还存在无数岔道。走在其中的人既没有可靠的导航，也没有领路的人。

"我都明白。"

佃自言自语着，却迟迟想不到该怎么办。

就在这个阴郁的日子里，帝国重工的财前给他打来了电话。

4

财前道生名片上的新头衔是"宇宙航空企划推进组部长"。

佃上次见财前，是在上个月准天顶卫星八咫鸦最终号发射升空的现场。那之后财前便从现场引退，当时他的那番话至今仍留在佃的记忆里。

"我要开拓农业领域，我希望拯救这个国家正在面临危机的农业。"

财前当时这么说过，只是……一个月都没过去。

佃本以为他已经成立了新的部门，今天只是过来问候一下……

"有件事我想跟你认真谈谈。"

财前一开口，就让佃吃了一惊。

"谈什么？"

之前通电话时佃顾虑到财前肯定很忙，主动提出去帝国重工找他，可是财前坚持专门来一趟佃制作所，可见他有明确的目的。

"我此前一直在努力推进大型火箭发射事业，但是，今后我要负责的……说白了就是其周边事业。"

"财前先生，你当时不是说要搞农业吗？"

佃一提出来，就感觉到财前眼底闪过了一道光。

"您那天讲话的时候我就很想问了，您打算怎么把农业搞成周边事业？"

"我应该跟您说过这跟八咫鸦有关吧？而且这次来找您商量的，也跟那个有关。"

八咫鸦是日本政府发射的准天顶卫星的名字。全部七台，发射成功后，以前接近十米的GPS信号误差能缩短到几厘米，人们都说这一改善的应用前景主要集中在IT产业。

"我正在考虑的是，务农机器人。"财前说出了让佃意外的话，"插秧机、拖拉机、联合机，将这些需要人来操作的农机变为自动运行。只要用上误差只有几厘米的定位系统，就能实现跟人一样，不，甚至比人更精确的作业。"

财前继续道："现在的日本，从事农业生产的人口正以前所未有的速度高龄化，因此农业发展受到劳动力不足的严重阻碍。务农人口近七成是六十五岁以上的老人，再过上十年，他们恐怕就要因为体力不支而不得不停止农耕。要是没有新鲜的血液来继承，日本的农业就会荒废，甚至失去传承已久的经验。我想挽救这样的危机。"

财前的语气充满热情，还拿出一沓资料摆在佃面前。

"我策划的这种务农机器人，可以在八咫鸦的定位信息帮助下实现误差只有几厘米的自动运行，可以不分昼夜地作业。只需通过电脑下达指令，它就能自动离开库房，前往农田，自动完成农务后再返回。如此一来，务农会变得特别轻松，作业效率也会变高，因此，个人能承担更多的土地耕作任务，使家庭收入实现飞跃上升。假设是三口之家的农户，完全有可能过上比大城市辛勤打拼的白领更优越的生活。如此一来，就能够吸引年轻人从城市走向农村，增加青年劳动力，一改'难受、辛苦、不赚钱'的农家印象，建立'快乐、富足、有潜力'的积极形象。我希望能够通过这一举动让日本农业焕发新生。只要农业成为年轻人们职业选择的一个稳定选项，就能有效避免目前农业面临的危机。为此，我无论如何都要做出这个务农机器人，佃先生，您愿意助我一臂之力吗？"

被这么直截了当地一问，佃一时也回答不上来。

毕竟一下子接收了这么多信息，还没整理就要做出判断，实在有点困难。

"请等一等。"他抬起右手，然后静止不动，开始在脑中反刍财前的话。

确实，拯救日本农业这个大主题跟帝国重工的风格放在一起没有任何异样感。而且财前本人参与了准天顶卫星八咫鸦的发射，着眼点也很有见地，堪称精妙。

可是，事业主旨虽然没问题，佃却不知道自己要如何帮他。这让他有点猜不透。

于是他便提出了心中的疑问。

"我们——帝国重工目前的产品中没有农机，所以我希望佃先生能提供发动机和变速器。"

财前的要求十分明确。

"连变速器也要吗？"

佃吃了一惊。

"上回您不是说样品接近完成了吗，我记得就是农机搭载的变速器吧？"

财前似乎没忘记他们在火箭发射间隙聊过的话，当时他脑中可能已经有了现在这个构想吧。

"怎么样？这对佃先生来说也是件好事吧？"

"那是当然。"

话是这么说，事情却没这么简单。

"可是，只靠发动机和变速器可做不成农机，其他部分您打算怎么办？"

"帝国重工虽然没有农机，不过你也知道，我们有各种各样的产品，比如重型机械，甚至坦克。您可能会笑话那些东西全都又笨又重，不过只要把技术应用过来，拖拉机的大部分设计制造都能完成。关于这个问题我已经做好了调查。只不过，唯独发动机和变速器这两样东西，如果我们自己研发，时间和成本都划不来。"

"所以您就想到了我们吗？"佃嘴上应了一句，终于还是忍不住问出心中的疑问，"可是，跟现有的农机厂商合作不是更简单吗？"

"不。"财前摇摇头，"我的目的是打造一项能肩负帝国重工未来的新事业。现有的农机厂商都是潜在的竞争对手，把东西完全交给他们就没有意义了。"

"原来如此。"

佃点点头，可他还有一个很大的疑问，而且那事关这项事业的根基。

"可是，您刚才说要做务农机器人。综合以往的经验，应该能做出比较像样的东西来，但无人技术，也就是自动运行这个方面,您又打算怎么办呢?"佃问道,"如果要用电脑程序来操控农机,肯定需要极高的技术实力。我觉得这跟设计一款新型拖拉机完全是不同次元的问题,莫非帝国重工有这个技术?"

帝国重工底下有众多研发部门,财前这个项目说不定用到了他们新研发的核心技术,佃心里是这样想的,却看到财前摇了摇头。

"很遗憾,我们没有相关技术。"

"没有?"

这个让人无语的回答令佃忍不住反问了一句。如果没有这项核心技术,他的项目岂不是白日做梦?

"佃先生,您知道野木博文吗?"

此时财前突然报出一个名字。

"野木?"

好像在哪儿听过?佃的记忆开始迅速回放。

"野木,你是说那个野木吗?我大学时的同学……"

大学毕业后两人一同考入研究生院,后来佃加入了宇宙科学研发机构,野木依旧留在大学研究室。

他们上大学的时候关系还不错,不过现在想来,两人差不多十年以上——至少在佃继承家业成为佃制作所社长之后,就没有联络过了。佃完全不知道野木留在实验室之后的情况。

"野木先生——不,野木博文教授目前在北海道农业大学,是车辆机器人研究领域的头号人物。"

"车辆机器人……"

"就是农业车辆自动化,也就是刚才我说的务农机器人的核心技术。"

"野木在搞这个吗?"

他想起这位瘦瘦高高的大学朋友，突然十分怀念。万万没想到会在如此意外的场合得知老朋友的消息，还是这么好的消息，这让佃感慨不已。

"那野木说他愿意加入吗？"

佃本以为会听到肯定的回答，没想到财前的表情突然阴郁起来。

"其实……前几天我去见过他，他还没给答复。"

"是有什么问题吗？"

佃感到很意外。

大学研究室的研究经费通常都很紧张，如果能跟大名鼎鼎的帝国重工合作，应该就能保证经费源源不断。有这种好事，就算当场答应也毫不奇怪。

"他没有详细说，但我感觉野木教授不太愿意跟我们这种民营企业合作。"

"不太愿意？"佃有点理解不了。

"他没有明说，所以我也不确定。只不过，听了我的项目计划后，他确实没什么好脸色。"

"他说原因了吗？"

"具体的什么都没说，只回答说他会想想的，但让我别太期待。可能是我说话的方式不好吧。"

"竟然这样……"

佃感到疑惑不解。佃所了解的野木是个爽快又直率的人，绝非那种小气男人。还是说他有身为学者的苦衷？

"要是得不到野木的支持，这项事业就做不起来，是这样吧？"

佃这么一问，财前马上严肃起来。

"佃先生，如果您愿意帮忙，请您务必跟我一起劝说野木教授吧。"他恳求道，"我觉得要是佃先生出面，教授应该会点头。"

"你跟野木提过我会加入这个项目吗……"

"还没提过。"

佃靠在椅背上，陷入了沉思。

看来事情并不简单。对佃制作所来说，财前的提议无疑是可遇不可求的大好机会。

"我知道了。"佃心意已决，"去吧。请您告诉野木我也要去，这样他至少会告诉我们哪家店的饭菜好吃。"

"那么，佃先生您这是……"

"我还要问问大家的意见，但应该不会有人反对。届时我们将全力以赴与您合作。"

佃握住了财前的右手，马上确认日程，报出几个可以去北海道的日子。

5

四月下旬的北海道空气清冽，还残留着一丝冬日的气息。

从札幌站坐上出租车，只需几分钟就来到了北海道农业大学。这是一座占地面积广阔，有旧帝国大学血脉的学府。

校园里一片绿色，一座座教学楼点缀其中，另外还有咖啡店、餐厅和广场，还流淌着一条小河。地方很大，学生们基本都靠自行车穿行于校园，佃和财前乘坐的出租车直接开进了里面。

"麻烦您在这条路尽头的教学楼前停一下。"

出租车按照财前的指示，停在了一座颇有历史厚重感的红砖建筑前。

佃下了车，抬头看向这座研究生院大楼，野木博文的研究室就在里面。

野木的研究室在三楼，屋里有几个学生，当中好像还有外国留学生。门窗都敞开着，墙边书架上放满了书籍，感觉墨香与干燥的北方空气混杂在一起。

"老师去试验田了，还没回来，请稍等片刻。"

一个亚裔研究生用生涩的日语做了解释。两人道过谢，被领到里屋等候。

大约过了五分钟，一个身穿长裤和衬衫的男人走了进来。

"真抱歉，让你们久等了。"野木笑容满面地伸出了右手。

"哟，好久不见。"

"佃，一直没联系真是不好意思。欢迎你。"

"我也是，没联系真是对不起。后来发生了很多事，我现在继承了家里的公司。"

"我听说了。但我觉得你离开研究所实在太可惜了，不过好像公司很不错啊。"

野木提起一位两人共同的朋友，说是从他那里得知佃的消息的。

"没什么，路还很长呢。"佃说着，把话题引向今天的主题，"先别管我了，野木，听说你很厉害呀。听财前先生提起你之后，我又上网查了查。你的研究项目真不错，难怪财前先生会看上。"

"能听到你这么说，我特别高兴。"

野木客气了一句，转向财前道了歉。"不好意思，由于我态度不够干脆，麻烦您跑了第二趟。"

"千万别这么说，是我脸皮太厚了。"财前低头道。

"你应该听说了，我们公司想为务农机器人提供发动机和变速器。"佃接过财前的话说,"上回听了这件事后,我就对农业做了一些了解,意识到这项事业会对日本的将来产生多大的影响。与此同时,我也意识到野木教授你的……你的研究是多么有意义。如果这项事业能够走上正轨,必定能为农业的未来做贡献。教授你愿意跟我们合作吗?"佃故意用头衔称呼野木。

"呃……这个嘛……"

野木含糊地应了一声,侧过脸去。

见此态度,佃与财前对视一眼,然后问道:"有什么难处吗?你尽管说,或许我们能解决。"

"不,难处倒是没有,只是我个人的心情问题。"

佃不明白心情问题究竟是什么。

"你是觉得产学结合的模式有问题吗?"

佃说出了自己的推测。

"嗯,差不多吧。"野木回答道。

事实上,产学结合时发生矛盾并不稀奇,可这回的合作对象是帝国重工,如果连帝国重工都无法信任,那可以说其他任何公司都不值得信任了。

"既然你们都来了,要不要参观参观我的研究?"野木突然说,"其实刚准备好。"

看来这就是他迟到的原因。

"请务必让我们看看,我特别期待。"

野木把他们领到了离教学楼五分钟路程的试验田。

一片没有种植任何东西的农田躺在春日晴空下。三个人站在田地旁边的土路上。

风很大。地里干燥的泥土被风吹起来,打在三个人的身上和脸上。

野木拿出手机打了通电话，指示道："麻烦你了。"然后看向另外二人，开口道，"你们看那里不是有座建筑吗，那是机库，请两位仔细看。"

野木指向农场一角的房子，与此同时，一阵微弱的发动机声乘风而来。房子入口敞开着，不过从他们站的地方看不见里面有什么。

不一会儿，出现了一台红色拖拉机，佃忍不住发出惊叹——因为驾驶席上没有人，是完全自动运行的。

拖拉机离开机库，开始以时速二十千米左右的速度沿农田土路行驶。

"我设计的程序是机器从机库出来，顺着前方的道路直行，再沿农田外围的道路行驶。"野木说明道。

拖拉机直行数十米后右拐进了外围道路。佃看着这光景，问道："是用电脑发出指令吗？"

"是的，由刚才研究室里的那几个学生负责操控电脑。这次为了配合两位的参观，我们改变了开始时间。这个时间是能进行预设的，一到预设时刻，拖拉机就会自动启动，从机库前往农田开始作业。"

"那想必晚上也行？"佃问。

"行啊，下雨天也行。"

沿农田外围行驶的拖拉机进入了三人所在的小道。从车体颜色就能看出，这台拖拉机是在山谷生产的新型拖拉机的基础上改装的，就算不打开车盖，佃也知道上面搭载的发动机是什么样。

"是我们的。"

但佃的话无人理解，野木向他投来询问的目光。发动机的轰鸣声越来越响亮，佃提高音量说道："这台拖拉机的发动机，是我们生产的。"

野木瞪大了眼睛。

"产品图册上估计没有说明。发动机是我们提供给山谷的。"

就是佃制作所研发的"斯特拉"。

"没想到竟在这种地方连上了啊。"

野木感叹道，其中或许还多了一丝可称作感动的语气。

三十多年前，佃和野木是同上一堂课的好友；如今一方放弃了研究者的道路继承家业，一方在农业领域继续研究，来到遥远的北海道，成了大学教授。两人乍一看毫无关联，也很久没有互通音信，没想到竟因为一台拖拉机联系在了一起。

"人生真有意思。"

佃觉得这也是种缘分。他时常想，世上有许多只能称为奇遇的相遇，那些偶然中可能存在着尚未被科学证明的因果关系。

此时，无人驾驶拖拉机的运行进入了关键时刻。

拖拉机从三人面前经过，来到农田角落，变换了一下方向，下到地里。接着，后方挂接的机器开始旋转，铁爪达到了预设的深度。

"请注意精确度。"野木对凝视着拖拉机的佃说，"多亏了八咫鸦提升了定位的精确度，现在误差已经缩小到三厘米以内。你瞧，机身是不是几乎没有晃动，一直很稳定？就算在种植了作物的旱田和水田里，也不用担心机器会骑上田埂或压倒秧苗。"

"精确度跟八咫鸦升空之前有多大差别？"佃问了一句。

"差别太大了。"野木毫不犹豫地说，"在仅靠GPS，没有外部修正信号的情况下，机器有时会偏移到十米开外。与那时相比，现在这简直是美梦成真啊。"

误差从十米缩减为几厘米，这正是准天顶卫星八咫鸦带来的定位精确度提升。

"实用性方面怎么样？"

"还有需要改进的地方，不过我认为基本可以进入实用化阶段了。"

拖拉机在地里开了五个来回，完成预设动作后又一次驶上农道，回到了机库。

持续的发动机轰鸣声消失了，耳边再次响起风声。

"野木，告诉我吧，你到底在犹豫什么？"佃问道，"既然已经接近实用化了，不是应该继续前进吗？这项技术很了不起，莫非不光我们，还有其他厂商来找你，所以你才会迟疑？"

"不，不是这回事。"

野木抬头看向晴朗的天空，露出略显寂寥的表情，又说了一句"真抱歉"。

佃完全无法想象是什么让野木迟迟无法做出决断。眼前这个心怀某种纠结之情的野木，与当时那个总喜欢开怀大笑、痛饮畅谈，有时会跟他认真辩论到深夜的野木感觉完全不是一个人。这三十多年，野木肯定也受了不少苦。

佃正忙着思索该如何说服野木，他却先开口了。

"两位今天就要回去吗？"

"不，今天在这儿住一晚上，明天再回去。"

"既然如此，今晚我们一起吃个饭吧。财前先生也一块儿如何？"

"不会打扰二位吗？"财前客气道。

"没关系，生意归生意，两位是真心对我的研究感兴趣，这让我感到非常高兴。另外我也想知道佃的近况。"野木说完，好像突然想起了什么，"对了，沙耶还好吧？"

沙耶是佃的前妻，目前在筑波市的政府机构从事研究工作。他们原本是情投意合的一对研究爱侣，后来因为佃离开了宇宙科学研发机构去继承家业，也就分开了。

"我们离婚了。"佃叹了口气，"你这小子，哪壶不开提哪壶。"

"是吗，抱歉抱歉。"

野木挠了挠头，露出苦笑。尽管这个话题戳中了佃的痛处，但佃也感觉因此跟野木的关系向学生时代靠近了不少。

6

晚上，野木把他们带到札幌闹市区的一家日料店。

"今天看到了好东西，真是谢谢你。"这句话佃今天不知说了多少次，"研究开发分很多种，其中基础研究是非常重要的，但很难想象如何将其实用化，并为世界做贡献。可是野木……你的研究很棒，可以正面解决日本的农业问题，获得成果。很少有技术能让普通人感叹'只要有了它就能得救'，你这个是真真正正的突破啊。"

所谓突破，就是克服长久存在的障碍，进入更高层次的技术。

"火箭发动机的阀门系统不也一样吗？"野木说，"正因为有了那个阀门，八咫鸦才得以发射升空，从而保障了那台拖拉机的运行。"

"不不不，哪有那么厉害。再说了，把卫星送上天的火箭是财前先生发射上去的，他是主持整个项目的总指挥。"

"真的吗？"

野木好像头一次听说这件事。

"其实，八咫鸦七号机是我最后的工作，能发射成功实在是太好了。今天看到您的演示，我心里特别感慨。"

"原来是这样啊……那请您接受我诚挚的谢意。"如此郑重的态度也真像野木的性格。

"野木啊，你也别憋着了。"佃趁此机会切入正题，"告诉我吧，为什么不想实用化？发生什么事了？"

野木闭上嘴，目光转向对面的墙壁。

这个动作不知保持了多久，他才沉重地叹息一声，咽了口唾沫。

"其实，五年前，有家公司向我提出共同研究的建议，我同意了，也是所谓的产学结合。"

佃看向财前，从表情就能猜到他也不知道这件事。

"对方说可以为我的研究提供帮助，还计划将来与我一起开拓实用化道路。为此他们专门设立了一家公司，把研究员安排到了我的研究室，作为校外共同研发者。当初的约定是我接受他们进入研究室，那家新成立的公司给我提供研发所需要的器材。可是那边派来的研究员另有内情。"

"内情？"

见野木的表情突然凶险起来，佃忍不住问了一句。

"那时自动巡航控制技术还没完成，计划是在五年后——也就是今年，开始实用化。合同约定实用化的资金由对方提供，成功后经验也归对方，我们则获取利润的百分之十作为专利费用。可是不到一年，他们就单方面解除了合同，理由是我们没有履行合同规定的义务。"

"什么义务？"

"说是没向他们派去的研究员开示必要的研发资源。可是这一项当初并没有写在合同上,只写了让我接收他们,作为共同研发者。对方的主张是,我不提供研发资源,就不算共同研发,是我的责任。他们叫我偿还投入的两千万日元,最后这事闹上了法庭。"

"后来呢?"

佃问了一句,野木露出苦涩的表情。

"官司是打赢了。因为支撑通信技术核心部分的研发资源是属于我个人的,而共同研发是为了实用化,所以法院裁决我没有义务开示相关信息。"

"这不是很好嘛。"

然而,野木的脸色却越来越黯淡。

"可事情还没完。其实在打官司的时候我就意识到了。"

野木拿起桌上的酒喝了一口,继续道:"我发现那家公司正在搞一个农机自动巡航控制系统,说是自主研发的。我听了觉得奇怪,就去调查了这个所谓的自主研发的系统,发现跟我研发的系统简直太像了。不,是几乎一模一样,就像直接复制过去的似的。你知道我想说什么了吧?"

"他们窃取了你的技术,对吧?"财前说道。

野木默默点了一下头。

"恐怕一开始,他们要求派研究员到我的研究室来,就是为了窃取我研发的程序。"

"那么在这个意义上,那帮人已经达到了预期目标……"财前喃喃自语,然后看向野木,"他们可能还想以违反合同为由,顺势把初期投资的钱也收回来。不过就算败诉了,只要拿到研发资源,接下来就能自己想办法搞出来。"

财前可能心里有点想法,说完便陷入了沉默。过了一会儿,他又看向野木，问道："不好意思，那家公司叫什么？方便告诉我吗？"

"叫纪新。佃，他们跟你一样在大田区。现在搬没搬我不知道，反正当时公司所在地离大森车站很近，而且那座大楼里集中了很多家创业公司。你知道吗？"

"没听说过。"

佃摇摇头。

"老师，其实我知道这个纪新公司。"

财前说出了让人意外的话。

"我想进入这项事业的时候调查过几家搞自动运行研究的公司，其中就有纪新。正如您所说，他们的卖点是农机自动驾驶技术，在八咫鸦最终号发射升空之后，获得了一定的关注。"

"财前先生，你没考虑过跟纪新合作吗？"佃问了一句。

"考虑是考虑过，不过在初期阶段就把他们排除了。"财前回答。

"请问理由是什么？"

野木似乎有点好奇。

"因为我看不到他们的技术基础。公司里确实有几个研究员，但没有拥有自动巡航控制系统核心技术的领导者。其实我之前就怀疑过他们到底是怎么研发的，现在听您这么一说，总算知道是怎么回事了。"

"纪新公司的社长是个怎样的人呢，你见过吧？"佃问野木。

"社长名叫户川让，高中毕业后一边打零工一边自学通信技术，后来成立了公司。"

"他的资金从何而来？"

虽说是创业公司，也需要资金。假设是拥有技术实力和经验的个人创业，那多数是投资公司或个人给他出资。

"据说一开始是炒股赚了一笔钱，就拿来创立公司了。后来又有风投公司给他出资。我感觉他们的资金流好像还不错。"

"其实，纪新自创立以来，一直是赤字。"

财前连这个都调查过了。

"好几家风投公司和个人入资，投资总额近三亿日元，但尚未有回收的可能。当然，该公司鼓吹的是以技术为卖点，将来可创造巨大收益。"

"实际情况却水深火热吗？"野木一脸苦涩地说。

"只要查查，应该能找到偷窃技术的证据，要不起诉他们吧。"佃提议道。

"算了。"野木摇摇头，"我知道那个叫户川的社长还有被派到这里来的所谓研究员都是些什么货色。确实，只要深挖下去，说不定能找到他们搞小动作的痕迹，可是我并不想因为这个再跟他们打官司。反正说到底都是钱的问题，我已经烦透了。"

野木叹了口气，继续说道："之前那个官司，浪费了我不知多少时间，还要为此心烦。本来可以投入研究的时间，却不得不分出来应付这种事，简直太痛苦了。归根结底，只要跟钱扯上关系，都会变成这样。话说得越大，彼此发生利害冲突的场合就会越多，这是无法避免的。可我对赚钱没什么兴趣啊，就只喜欢研究，也希望能一直专注研究，仅此而已。"

"可是你这样救不了农业啊。"佃说出了有些无情的话，"你可能无所谓，可是这样一来，你做研究就是自我满足。这样真的好吗？你研究农机自动巡航系统的初衷又是什么呢？"

"那当然是为了解决日本农业面临的难题……"

"这不就对了！"佃严肃地看着野木，"跟我们一起干吧。那个纪新的户川确实不是什么好东西，可你真的要因为那种人牺牲整个农业吗？这有点不对吧！"

野木一直四处游走的视线此时悄然落在了白木餐桌上。佃继续道："我们吃点苦、受点累，那都不算什么，重要的是我们的使命，还有对社会的贡献。让人们高兴，听到他们说谢谢，你帮到我了，这才是无上的幸福。此时此刻，日本农户的高龄化问题正在不断深化，为何不去帮帮那些一辈子务农，并对未来心怀不安的农户呢？当然，我们说不定派不上什么用场。尽管如此，需要帮助的人就在那里，有很多人在苦苦等待我们的技术啊。"

"野木老师。"财前双手撑在桌上，低下了头，"请您考虑考虑。"

"野木，拜托了。"

佃也做了同样的动作。

两人维持鞠躬的姿势好一会儿，似乎不打算再抬起头了。

"知道了，我知道了。"野木只好这样回答，"真是的，佃你这小子，真让人招架不住。还有财前先生也是。"

野木无奈地笑了笑，然后低头思索了一会儿，咕哝道："不过多亏了你们，我想起了可能已经遗忘的东西。为什么做研究——我怎么把这么重要的事情给忘了呢？怎么就丢掉了这么宝贵的初心呢？"

野木有些发愣。

"野木，你就别想这些了，跟我们一起干吧。"

这次，野木没再反驳佃的提议。

酒又送了上来，此时北国大地的夜更深沉了。

7

就在佃和财前在北海道试验田里参观时,帝国重工宇宙航空部本部长水原重治被叫到了的场俊一的办公室。

水原随秘书走进办公室内,在办公桌旁站定,他看见桌子上摆着一份文件。

是企划书——《关于务农机器人的提案》。

这是几个月前财前道生发起的提案,当时他已经确定要调动到新部门了。财前将这份文件交给水原裁决,当然,水原没有权限直接批准。这份企划书主要是在开展新业务前进行前期调研,里面罗列了技术问题、业界动向和市场情况,如果最终得到理想的答复,会再制作正式的事业计划书,交给董事会审核。

在精通公司内部政治的水原看来,这项计划应该可以获批。

因为这个项目无论是着眼点、事业目的、未来发展潜力,还是各种细节,都无可挑剔。不愧是财前,对打动帝国重工这个巨大组织的"逻辑"可谓了如指掌。

可是现在,的场好像也看上了这份企划书,水原不动声色地皱了皱眉。的场的管辖范围包括所有事业部门,宇宙航空部自然也在其中,由本部长裁决的项目,他只要想看就能看到。不过,他每天要处理大量的文件,竟能发现这个吸引人的企划,只能说他的嗅觉确实了得。还是说他只是看到企划书作者是旧知财前,才产生了兴趣?

"对这个企划的调研有进展吗?"

的场拿起专门打印出来的企划书翻看,同时瞥了一眼水原。

"大部分成型了。等确定可以作为新业务开展,会向董事会提交正式的项目计划书以供审核。"

"你觉得这个企划怎么样？"

"我认为没什么问题。"

水原第一次看到这份企划时，被拯救日本农业的雄心壮志和联系到准天顶卫星八咫鸦、从而提升定位精度的想法激发出了某种可谓激昂的心情。老实说，他甚至有点羡慕财前能做出这种方案并亲自指挥。

尽管如此，水原回答时还是比较收敛，因为他尚且无法解读的场的反应——他究竟是赞成还是反对？如果是后者，就必须留出可以立即纠正立场的余地。

"是啊。"

的场把企划书往桌上一放，交叠双腿，身子一歪，思考了一会儿后视线又转回到水原身上。

"这个企划先放我这儿吧。"

这句话让水原很意外。

"放在您这里的意思是……"

"要是有机会开展这项业务，马上把计划书交给我，由我来向董事会说明，这个项目将由我来指挥。"

水原很困惑。

"这个企划是新成立的企划推进组的财前在做……"

"现场可以交给财前，但这个项目由我直接统辖，战略方面也由我定。"

他的语气不容置疑，水原只好回答一句"明白了"，然后行礼退出办公室。可是门一关上，水原就托着下巴站定不动了。

的场为什么要做这个项目？

理由很明显。

他就是想抢功。

这个项目的潜力很大,他想将功劳抢过来,以提升自己的声望。

而且他恐怕还策划好了"紧急避难计划",如果项目前景出现问题,他会毫不犹豫地从指挥位置抽身,届时被连累的有可能是水原。

动用一切权谋术数,机关算尽,绝不放过任何可利用的东西,毫不留情地将他人踏在脚下,这就是的场俊一。顶着一张所谓"帝国绅士"的脸,心里却全是厚黑。他会为了结果不择手段,是个极其卑劣的人。可是,水原手下的宇宙航空部的命运就掌握在这个卑劣之人手中。

水原迈开步子,走向同一楼层的秘书室。

他找到秘书室室长——他的旧知内藤,然后静悄悄地走了过去。

"我想私下拜托你件事。"

他压低声音,凑到对方耳边说了起来。

第二章 项目概要与变迁

1

回到东京的第二天，佃航平就召集公司高层，说明了跟野木交涉的过程。

"对方接受了吗？太好了。"山崎闻言非常高兴。

"津哥，我们得去跟山谷打声招呼啊。"唐木田马上提出了亟待解决的问题。

财前带着务农机器人企划找上门时，佃制作所的高层一致赞成，但也提出了一个问题——

"这是财前先生的提案，我自己也很认同这个项目的主旨。现在，日本农业，甚至日本饮食文化都面临危机，如果务农机器人能投入实用化，一定能为农户和社会做出贡献。我认为我们应该全力参与到这项事业中，大家觉得呢？"

听完佃充满激情的演讲，众人反响热烈，只有唐木田阴着一张脸。

"唐木田先生，你怎么想？"

佃发现了他的异常，便问了一句。片刻沉默后，唐木田说："您考虑过山谷那边吗？"

他又对津野道："津哥怎么想？真的是举双手赞成这么简单的事情吗？帝国重工要进入农机行业，社长刚才说的总结下来就是这样一件事吧。换言之，帝国重工要跟我们的主要客户山谷竞争市场了，如果我们向帝国重工提供发动机和变速器，山谷那边肯定没有好脸色吧。"

与山谷联系的是第一营业部的津野,他很清楚唐木田指出的问题。

津野回应道:"我之所以表示赞成,也是因为这几年山谷那边的方针变更十分明显。自从若山社长上任,山谷就开始偏重成本考量,就算我们还能继续和他们做生意,也捞不到多少利润。我反倒觉得这是从对山谷的依赖关系中抽身出来的大好机会。"

唐木田若有所思地凝视着津野。

"山谷的订单可能会跑哦。"

他在试探津野的思想准备。而这句话虽然是对津野说的,但也相当于说给佃听。

佃制作所与山谷的合作可以追溯到双方的上一代社长在任时期,至今已经持续了二十多年。山谷甚至一度占据佃制作所绝大部分营业额,可谓关系亲密的合作伙伴。

只是后来,山谷的订单数额越来越小,现在的社长若山上任后,更是打出了严苛的成本削减方针,因此性能高、价格也高的佃制作所的产品渐渐被淘汰,双方的生意越做越小。而取代了佃制作所的,就是一直走低价发动机路线的代达罗斯——幽灵传动的资本合作伙伴。

"我当然不想中止合作。"津野一脸悲怆地说,"这几年我一直在拼命跟对方谈,但老实说,跟山谷的合作没有前途。他们对性能的看法和价值观整个变了。现在把技术放到其次,一心追求价格越低越好。每次见面都要压价,可我们又不是靠廉价取胜的。"

这不是津野的主张,而是佃的方针——不走低价路线,技术才是公司的命脉。

回到当下——

"山谷那边由我来说。"佃似乎下定了决心,"现在野木同意加入,同时帝国重工内部很快就会批准这个项目。虽然有困难也有风险,但扣除这些,依旧有挑战的价值。"

唐木田默默听完,表情坚毅地点了点头,说道:"其实我也这么想。山谷那边的订单可能会丢,不过这项新事业一定能给我们带来更大的发展空间。"

2

"虽然我很好奇是哪家农机厂让你们动了心,但反正我们没有立场对贵公司的经营方针说三道四。"

这是山谷滨松工厂的厂长入间尚人的反应。此人兼任制造部主管,在山谷内部很有发言权。

入间跟佃坐在工厂一楼简洁的会客室内,他的表情有点阴沉。

这人性格很好,很会照顾人,佃觉得他应该不会当面说狠话。只是,入间后来的反应超出了佃的预料。

"最近我听小道消息说,帝国重工好像对农业领域有兴趣。"

佃很惊讶,入间已经知道这个消息了。

佃正要开口,却被对方拦下了。

"不,您不必多言。我听说他们要做的不是普通农机,可能是无人驾驶的农业机器人。当然都只是传闻而已,究竟怎么样我也不晓得。您可能知道,但我不希望您告诉我。"

这是入间坚持的原则。

"总之,我想告诉您,怀有这种想法的不只帝国重工一家。其他厂商,当然也包括我们,可能也在策划这类项目,只不过没对外声张而已。如果贵公司参与了竞争公司的类似项目,那当我们拿出同样的项目时,你们就无法竞标发动机供应商了,这点您清楚吗?"

"那是当然,给您添麻烦了。"佃低下头。

"不,添麻烦的应该是我们才对。"人间回应道,"这几年跟你们的生意是越做越小,其实我心里也不好受,总希望你们能想办法把空洞给填上。现在这样不是很好嘛。"

人间虽然说得干脆,却在佃心里留下了难以消融的疙瘩。

就像佃不能提帝国重工和未来项目的内容一样,人间或许也有一些难以启齿的话。

不过佃很在意人间已经知道帝国重工的新项目了这件事。

这项新业务不久前才正式获批,还没有公布消息。看来,帝国重工的动向经由某个渠道透露给了人间——不,应该说是山谷。

还有一点,那就是务农机器人的研发竟已经不是财前个人的创意了。

如此一来,帝国重工和佃制作所就会不可避免地卷入激烈的研发竞争。

与人间道别后,佃马上给财前打了电话。

"您上次说的项目计划,已经传到外面了吗?"

佃大致说明了一下与人间厂长交谈时听到的内容。财前听罢陷入短暂却沉重的沉默。

"我跟相关人士和几家候选外包公司说过,消息可能是这么泄露出去的。其中也有跟山谷有合作的公司。"

财前的语气足以传达他的危机感。

"现在说这种话有点晚了,不过财前先生,您最好还是小心一点啊。"

"我知道。对了,我也有件事要跟您说,这边情况有点变化。

能麻烦您抽空见一面吗？"

财前说了句让佃很紧张的话。

"我马上回东京，可以直接到贵公司去。"

"今天我也正好有空，静候您的光临。"

说完财前就挂了电话。

佃在浜松站赶上新干线，直接坐回东京站。大约两个小时后，他来到了位于大手町的帝国重工总部。

3

"上次在北海道真是承您关照了。"财前一走进会客室就冲佃低下了头，"要是没有佃先生，说不定还是无法说服野木教授。谢谢您。"

"不用谢，我认为他是被财前先生的热情打动了。"

佃在沙发上落座，发现财前脸上带着前所未有的疲惫表情。新项目刚获批，想必他正忙得不可开交吧。

"对了，您说情况有变是怎么回事？"

佃马上进入了正题。

"是这个项目的负责人变更了。"

佃吃了一惊。

"财前先生要离开这个项目了？"

"不，我会以项目立案人和总主持的身份负责一线实务，不过项目被董事会升格为董事直辖项目了。"

"那真是恭喜了。"

听到升格二字，佃就认为是件好事，可是财前却一脸不高兴。

"这事也说不清是好是坏。本来我可以自由发挥的，现在预算虽然多了，但我的行动也相应地受到了限制。"

"这也没什么的吧……"佃不知道财前在为什么发愁，"项目被升格，不是证明上面看好它的未来发展潜力吗？既然预算都增加了，那就是大好事啊。请问总负责人换成哪位了？"

财前顿了顿，才回答道："是董事的场俊一。"

"的场……"佃忍不住抬起头看着财前，"的场先生就是那位……"

"没错。"

此时，佃总算理解了财前这含糊的态度意味着什么。

的场俊一是帝国重工下期社长候选人中的头号种子。不仅如此，的场还对现任社长藤间秀树推进的星辰计划，即大型火箭发射项目，采取了全面否定的态度。

"可是，一码事归一码事不是吗？"

佃知道的场与财前曾经是上司和下属的关系，而且走得比较近，便这样说道。

就算他反对大型火箭发射项目，可这次的新项目是另一码事。

"我之前还想拿八咫鸦来宣传大型火箭发射项目，但现在事情变得有点奇怪。"

在财前看来，相当于被人按住了脑袋吧。虽说如此，他肯定也不会当着佃的面说的场不好。

佃马上说道："让这个新项目成功不就是最好的宣传吗？有了下任社长候选人的场先生当后盾，帝国重工内外的相关人员肯定也会另眼相看，这是好事啊。"

"我也希望如此。"财前看了一眼时钟，"的场在公司，您要跟他打声招呼吗？"

"如果方便的话，那就麻烦您了。"

"我去把他叫来,请稍等。"

财前出去不到五分钟就回来了。一个目光锐利的高个子在他之前走进了会客室,此人身穿银灰色高档西装,搭配亮蓝色领带,白衬衫的袖口露出了佃也认识牌子的高端机械手表。

"您就是佃制作所的负责人吗?您好,我是的场。"

的场声音洪亮,佃与他面对面一站,感觉对方身高大约有一米八五。

"我是佃。这次有幸参与如此优秀的项目,真是万分感谢。请您多多关照。"

佃坐回到沙发上,的场马上问了一句:"那个,佃先生是……"

"阀门系统的供货商,之前为我们供给火箭发动机的零部件。"财前在旁边介绍道。

"跟机械事业部有来往吗?"

佃听说的场以前在机械事业部干出过不少成绩。

"很遗憾,目前还没有来往。"佃回答道,"我们常年从事小型发动机的研发和制造,如果有机会,希望能与贵公司合作。"

"我们没有小型发动机的需求呢。我也没搞过这种琐碎的东西。"

的场的回应让佃接不下话。

这是重量级企业的骄傲,还是对弱小企业的蔑视?他的话让人难以分辨,坐在旁边的财前也微微皱起了眉。

的场拈起桌上的名片,细细看过之后又扔了回去。

"您生产过农机发动机吗?"他问。

"这是我们的主力产品。"

"原来如此,有经验啊。"

的场半张着嘴，左右晃动下巴，思考了一会儿，问道："贵公司的营业额是多少？我想知道您的公司有没有能力加入我们的项目。"

对话越来越不友好，佃暗自吸了口气。

这话里带着刺，已经不能用不拘小节来掩饰了。若说开门见山，也是过于不客气了。寥寥几句对话，就让佃看清了的场俊一的为人。

"的场先生，"财前实在看不下去，在旁帮腔，"佃先生跟宇宙航空部合作了很多年。"

没必要这时候再审查他们的财务状况——他话里的深意是这样的。

"宇宙航空部？"的场语带嘲讽，目光锐利了几分，"所以宇宙航空部不行啊。"

这已经不能用嘴毒来形容了，的场以明确的评价给那个部门打上了失败的标签。

"您可能听说了，这次的新项目由我出任总指挥。不管财前有何意图，既然由我来指挥，就要按照我的方式推进。我会尽快将其完善，在务农机器人这块领域抢占先机，获取最大利益。您明白吗，佃先生？"

的场换上严肃的口吻，并向佃投来强势的目光，接着说道："任何事情，表面上的说辞根本不重要，关键是实绩。只有拿出成绩来才算有本事，我就是这么过来的，您明白吧？"

佃只能用沉默来回应这过分辛辣的直言。

的场突然短促地笑了一声。

"您到底明不明白啊？"他有点烦躁地歪着头问。

现场气氛有些尴尬，的场放下一句"算了"，转向财前道：

"如果还有下次合作的话,你再着重强调一下吧。"

随后他朝佃挥了挥手,起身走出了房间。财前则慌忙追了上去。

佃一个人留在会客室里,无可奈何地叹了一声"这人怎么回事啊",心中翻涌的怒火无处发泄。

财前很快就回来了。

"佃先生,真是对不起。"

他一进门就低下头。

"其实他平时很礼貌的,就是不知为何,认定了对待供货商就要采取这种态度。"

"上来就是当头一棒,好给自己立威吗?好在我不是机械事业部的合作商。"佃真的被气到了,一脸不高兴地说。

"真是失礼了,请您不要介意,还像以前一样跟我们合作。"

帝国重工里有各种各样的人,出人头地的并不一定就是人格优秀的。在佃看来,反倒是正低头道歉的财前更像是当领导的料。

4

佃八点多回到家。平时总是加班到很晚的女儿利菜少见地已经在家了,正跟祖母,也就是佃的母亲和枝一起在厨房做饭。

"啊,你回来啦,今天吃干烧喜知次鱼。"

"好难得啊,你竟然帮忙做饭。"

每逢这种时候,必然有事发生。按照利菜的说法,切蔬菜、刨洋葱是一种消解压力的方式。

佃从冰箱拿出一罐啤酒,坐到自己的老位子上,喝了一口酒后冲着利菜的背影问:"出什么事了?"

"气死人了。"

果然,利菜给了这样的回答。

"爸爸,你知道的场吗?"

佃忍不住抬起了头。

"嗯,知道。其实我下午刚刚见过他。"

这回轮到利菜瞪大了眼睛。

利菜大学毕业后入职帝国重工,目前是宇宙航空部的技术员,参与大型火箭发射项目。财前直到不久前还是那个项目的现场负责人,深受利菜等大批下属的信赖。

"那个的场啊,抢走了财前部长的企划,据为己有了。"

佃没能遮掩住锐利的目光。

"你听谁说的?"

"什么听谁说的,我就是公司内部的人啊。"利菜挥舞着手上的菜刀说。

"快放下,危险。"和枝说了她一句。

"啊,对不起……你的公司不是也参与了那个项目吗?上回你去北海道就是为了这个吧,财前部长没跟你说?"

"没。"佃摇摇头,"我听到的说法是项目被升级了,由的场出任总指挥。"

"唉,这事说出来不太好听,财前部长肯定也是有所顾虑,才没有直说。"

利菜说的有道理。

"听说的场在董事会上直接说那是他自己策划的,太过分了。"

"下属的功劳就是自己的功劳吗……"佃盯着厨房里的虚空,咕哝道。

"反过来说，自己的失败就是下属的失败。的场为了抢功劳简直不择手段。不仅如此，他在机械事业部还总是欺负供货商，大家都在说呢。"利菜皱着鼻子说道。

利菜对的场的评价本来就不好，因为他否定了她的工作。

佃也听到类似的说法，帝国重工内部普遍认为，如果的场俊一出任社长，火箭发射项目就有可能撤销。

"欺负供货商啊……嗯，他确实有那种感觉。"

佃回想起的场的态度，对此表示赞同。这人与供应商合作的风格可能就是像今天这样，极力压榨对方，以确保己方的利润吧。

如此一来，在这个新项目中他可能也会对佃制作所提出十分苛刻的成本要求。

与之相对，财前就不会对供货商施加高压，而是通过培养牢固的关系，建立信任，是怀柔的高手。难怪他告知的场将出任总负责人的时候脸色不好。

"大家都说的场俊一所到之处寸草不生。"

"这也太惨了。"佃苦笑着，悠悠喝了一口酒，"不过，要是不跟这个可怕的对手好好相处，我们就没有未来。"

此时财前可以说是佃唯一的安慰。那个人应该能牵制的场，顺利控制新项目吧。

然而没过多久，佃制作所营业部就收集到了让佃的期待落空的消息。

5

"社长，社长……能跟您说句话吗？"

佃穿过二楼营业部时，刚从外面回来的江原还没来得及把公文包放下，就气喘吁吁地把他叫住了。

一走进同楼层的会议室，江原就一脸神秘地压低了声音道："刚才我去了一趟高幡工业和北野产业，他们好像都被帝国重工召过去商讨样品，而且是一个星期前。帝国重工叫我们了吗？"

此时是五月中旬。新项目已经正式获批，并决定由的场担任总指挥。可是财前并没有联系他商谈具体事宜。

"还没有。他们谈了些什么，你打听到了吗？"

"据说召开了一次设计负责人和采购负责人都在场的正式会议。高幡那边还说，参与新项目的供货商都被叫去开会了。这偏偏没有叫我们，您不觉得奇怪吗？"

如今距离到北海道见野木已经过去三个星期了，其实佃也有点纳闷，但他以为帝国重工那边还在进行内部准备。发动机和变速器是与性能直接挂钩的重要零部件，他们应该首先找佃制作所商量设计事宜才对。

"知道了。其实我也觉得奇怪，我去问问财前先生吧。"

"麻烦您了。不过怎么说呢……"

佃以为话已经说完了，没想到江原还是一脸有话要说的表情。

"据说那边提的条件特别苛刻。"

他是指价格。

"果然有这种倾向啊。"佃轻轻吐了口气，"虽然不知道有没有交涉的余地，不过我会做好心理准备的。"

回到社长室后，佃马上拿起手机联系了财前。

"我正准备联系您呢。"

财前的声音异常沉重。

佃刻意没有直接提出疑问，而是佯装不知，把问题抛了过去。

"新农机的发动机和变速器，我们要碰个头商量一下吗？"

"嗯，我也想找您商量这件事，您什么时候有空？"

佃有不好的预感。

"明天早上怎么样，我到您那边去。"

"不，还是我去拜访您吧。九点可以吗？"财前说。

"那我就恭候大驾了。需要准备什么东西吗？"

电话那头传来一阵沉默，然后财前回答："不用。"

第二天早上财前准时到访，佃一看到他的表情，就确信不好的预感应验了。

"有件事……我必须向佃先生道歉。"

财前说完，双手放在膝上，深深低下了头。

"实在对不起。"

"出什么问题了吗？"佃平静地问。

"的场确立了方针，要求发动机和变速器都自主生产。我最大限度地尝试反抗，还是没能让他改变主意……"

财前咬着嘴唇低下头，不甘心地说："我真不知该如何向您道歉。"

"哦，这样吗……"

佃靠在扶手椅上，目光瞥向斜上方。

"要是我的力量再强大一些……"

"不，这不是财前先生的错啊。我相信您尽了全力。"

虽然嘴上这么说，佃还是感到浑身的力气都丢失了，一点办法都没有。在严重脱力的感觉中他还听到了内心的疑惑：你这样会不会太顺从了？

不，不是的，佃打消了这个想法。

就算他现在批判的场的方针，冲财前发泄怒火，又能改变什么？什么都改变不了。这样只会让他跟财前构筑起的信赖关系陷入尴尬的境地。

"谢谢您的理解。只是……虽然时机很糟糕，我还是有个不情之请。"财前一脸为难地说。

佃坐直了身子。

"能麻烦您再跟野木教授说说吗？拜托您了。"

财前说完，又一次低下了头。佃从未见过他如此低声下气。

"不好意思，财前先生，您这是什么意思？"

"公司决定自主生产发动机和变速器后，我就把这个消息通知了野木老师。结果他说，如果佃先生不加入，他也拒绝加入，让我们再找其他人去。"

"野木这么说的？"

佃深深感受到旧友的情义，并对财前的请求感到无奈。

"野木那边应该由财前先生来劝说吧。"佃说，"毕竟今后是你们合作，搞成这样不太好吧。"

"我已经尽力劝说了，可野木老师就是不答应。"

"那不如请的场先生亲自去劝说吧。"

"的场叫我找佃先生您……"

就这么说漏嘴可不像财前的风格。

佃听到这里真的生气了，他深吸一口气，试图压抑心中的怒火。

"我深知我们没资格来求佃先生做这种事，但还是……拜托您了。"

财前夹在顶头上司的场和佃中间，肯定也不好受，这佃很明白。

只是，佃还是忍不住心中的气愤。他抱着胳膊，沉默了许久。

* * *

傍晚时分，一早就出去跑业务的津野和唐木田回来了，佃马上把事情对他们说了。津野气愤不已，黑着脸问道："然后您怎么说的？"

"我姑且答应了，算是卖个人情。"

听了佃的回答，唐木田气得脸上的肉都在抖。

"我们没必要为他们做到这个份儿上吧！"

唐木田向来冷静沉着，很少表露出感情，可见这回真的是气坏了。

"的场把我们当什么了？他可以随便胡来，我们却要逆来顺受，对他言听计从吗？社长，这可是尊严问题。"

"我也对的场先生的做法很有意见。如果他在这里，我肯定把他骂个狗血淋头。只不过财前先生没犯什么错啊，他被夹在我们和的场中间，明知道很过分还是不得不来求我。要是我拒绝了，财前先生肯定很为难。我不想让他为难。"

"野木教授怎么说？"山崎在旁边问，"他听您劝吗？"

"算是听了吧。"

佃回忆起两人的对话，回答道："野木一开始很不情愿，后来我再三强调这是为日本农业出一份力，他才勉强答应了。他研发的自动巡航控制系统是这个项目的关键，要是野木拒绝了，项目也就化作泡影了。"

"我还真想让那个的场丢这个脸。"津野恶狠狠地说，"我们不惜跟山谷断交也要帮他，结果什么都没捞到。他们应该赔偿损失啊。"

"对帝国重工，不，对于的场先生的做法，我很气愤。可是事已至此，也没有办法。各位对不起，这次是我判断失误。"

佃低头向众人道歉。

"可是，帝国重工不是没有研发生产小型发动机和农机变速器的经验吗？他们能做出来？"

唐木田提出了最根本的疑问。

"人家是帝国重工，应该没问题吧。"津野在旁边说。

"那你觉得他们能做出比我们的性能还高的发动机来？"

面对唐木田的进一步追问，津野闭上了嘴。

"不知道。"山崎挠着下巴，视线飘忽，"如果轻轻松松就能做，财前先生肯定早就找自己人做了。毕竟这是新机器的核心，能自有化当然再好不过。关键还是在于时间问题，把订单发给我们肯定能节省研发的时间和费用。"

"原来如此。可是，他们这过河拆桥的举动破坏性实在太强了，社长，我们怎么办啊？"唐木田问，"幽灵传动和帝国重工都这样，导致变速器项目一直走不上正轨，我们还要继续这项研发吗？"

"的确不如想象的那么顺利啊，但是研发还要继续。"佃做出了决定，"今后，农机肯定会向无人化发展，如果不从现在开始进行产品研发，我们就会赶不上这趟车。"

他还惦记着代达罗斯和幽灵传动这对竞争对手的动向。如果什么都不做，佃制作所就会被抛下。

"大家要有这个意识，务农机器人的研发关系到公司兴衰。"佃道出了危机感。

"可是社长，那东西需要自动巡航控制系统，我们没搞过这个，您打算怎么办啊？"

"跟野木合作。"

佃的一句话让所有人都惊讶地抬起了头。

"野木那边长期需要实验用拖拉机，我问过他能不能把拖拉机的发动机和变速器交给我们生产,他很高兴地答应了。"

"就算要砸钱,也得继续干下去啊。"唐木田说,"不研发,就没有将来,此时正是勒紧裤腰带的时候。"

他说的一点没错。

6

草帽边缘在风中轻轻颤动。

殿村开着拖拉机离开家,沿着铺设好的农道悠悠前行,准备到今天要耕耘的休耕田去。

右首边是一大片正茁壮成长的水稻,五月的晴空倒映在水田上。

清风吹拂着稻子,带起泥土和水的气味,又混合着初夏的水田特有的甘甜清香,飘进正在驾驶席上握着操纵杆的殿村的鼻子里。

父亲正弘说梅雨前的这段时间,是一年里最美丽的季节。殿村也有同感。

满眼新绿,山上的树木和田埂上的小草都散发着活力的光芒。殿村开着拖拉机,在这炫目而充满生机的田园风景中行驶。

啊,我活着。

殿村没有压抑胸中涌出的笑意,纵情欢笑起来。

以前我不也活着吗?

可眼前是与以往完全不同的世界,是不同的人生。这里是地球,他是地球上的一个生物,是大自然的一部分。在这里,我真实体会到了自然的轮回,那种感觉仿佛渗进了肌肤,带来理所当然的释然。

"真要说的话,这就是生的喜悦吧。"

殿村不知不觉中把想法说了出来,脸上的笑容越发灿烂。

就在这时,殿村听到了另一种发动机声,发现一辆小型卡车从背后驶近。于是他稍稍减速,准备靠边让行。

小型卡车与殿村的拖拉机擦肩而过。

"喂,殿村。"

有人叫了他一声。殿村侧头看去,只见卡车窗户开着,驾驶席上的人跟他对上目光,抬起右手打了声招呼。

"哟!"

稻本彰的脸被太阳晒得黝黑,他朝殿村咧嘴一笑,露出一口白牙。

"哦!"殿村应了一声。

稻本的卡车开过去,又在十米远的地方亮起红色刹车灯,停了下来。他打开车门走下来。

稻本跟殿村是高中同学,从东京的农业大学毕业后,他马上回到家乡从事水稻种植了。

殿村也停下了拖拉机。

"你怎么样啊?"稻本轻松地问了一句。

"还行吧。"

四月,殿村向佃提交辞呈,结束了城市里的工薪族生活,回到家乡务农了。

现在才过去一个多月,所以到底怎么样,他也回答不上来。

"要是遇到什么困难,你只管跟我说,一般农田里的事情我都能帮上忙。"

其实地里的事只要问父亲就好,不过殿村还是回了一句:"好啊。"

稻本凝视着殿村的拖拉机——他可能觉得机器型号很老吧，这点殿村也承认——然后又抬起头，眯着眼睛看向殿村。

"对了，我之前不是跟你提过农业法人的事情吗？"

殿村猜到稻本要说什么，突然有点惴惴不安，这种感觉就像惊慌地思考如何甩掉朝自己走来的新兴宗教劝导员。

能否把你家的地租给我们设立的农业法人使用——去年，稻本头一次向殿村提起这个。当时父亲病倒了，他工作日在公司上班，假日回来干农活。

当时父亲对农业法人一事不予理睬，之后不久殿村就回来继承家业，干起了农活。

其实他也不是很了解稻本成立的农业法人，只知道他好像在四处收购或租下弃耕的田地，以扩大总耕作面积。

"现在是三个人一起搞，我觉得你也可以加入进来。"

没想到稻本说出了新的提案。

"你想让我加入那个法人组织？"

"对，就是这个意思。"

稻本用鞋尖刮掉拖拉机轮胎上蹭的泥土，又眯起眼睛抬头看着殿村。

"下次我把资料拿给你看看，再详细跟你说说吧。"

"嗯，这个嘛……"

殿村含糊其词。稻本似乎看穿了他的心思，硬是一直盯着他看。

最后他实在受不了，回答道："嗯，那看啥时候合适吧。"

稻本闻言，说着"好的好的"，便转身回去了。

殿村看着卡车离开，心里突然想，稻本该不会在专门等他出门吧，如果真是这样，可有点烦人了。

稻本的眼神执着，却让人看不清真意，总让殿村很紧张。就像爬虫类的眼睛。大自然里生存着许多种生物，当中就有绝对不相容的物种。同是人类也有类似的情况，这可以说是生存原理。

刚才还充溢的幸福感已经退去，殿村觉得仿佛变回到了曾经，感到十分无趣。就是那个作为白领却不擅长与人交往，并为此深感苦恼的自己。

不，不对，现在的我已经踏上了新的人生道路。

他反复对自己说着这句话，试图甩掉浮现在脑海中的令人不快的过去，用力踩下拖拉机的油门。

可是——

殿村本以为就算说了"看啥时候合适吧"，稻本短时间内也不会来找他。没想到当天晚上他就打电话来了。

"就今天那件事，跟我们见个面好吗？明天怎么样？"

接到稻本的电话时殿村已吃完晚饭、洗完澡，正躺在自己的房间里休息，缓解一天的疲劳。

"明天啊……"

殿村想拒绝，无奈嘴太笨，实在想不到什么好的理由。

"你有事吗？"

"啊，没有，时间倒是有。"

"那我六点左右去找你，可以吗？"

稻本要到家里来。

殿村并不希望他们来家里，因为这样就意味着要一直聊到很晚。已经是不想听的话题了，他不希望搞得更不舒服。

"我老爸身体不好，就别来我家了吧。"

情急之下，殿村把老爸推了出来。其实父亲正弘恢复得很好，并不需要如此照顾。

"是吗，那去上回那家店如何？"

上次见稻本是在一家小饭馆，当时他也说起过农业法人的事。那家小馆子开在一片农田中，孤零零的，不过酒菜都很不错，在这一带很受欢迎。

"知道了，六点对吧？"

"我和两个合伙人都会去。你应该不认识那两个人，他们都是附近的农户。那就这样吧，我们等你。"

唉……结束通话后，殿村把电话往被褥上一扔，长叹一声。

他还不习惯下地务农，还缺乏专业知识，心里确实也有不安。可尽管如此，他还是不愿意跟稻本他们合作。倒也没有很明确的理由，反正殿村就是觉得跟他们合不来，人和人之间也存在投不投缘的问题。

不过在因地域形成的狭小社会中，稻本似乎是个领头人，如果太直白地拒绝他，恐怕也不好。

没办法，只好去一趟了。

他只要过去，听他们说完，再回来就好了。

想到这件事，干农活的疲惫感又猛地涌了上来，殿村关掉电视、熄了灯，躺下了。

"这位是田所地区的三岛，这位是佐野原地区的原口。"

稻本介绍完，三岛和原口各自低头问候了一声。

四个人围坐在桌边，殿村对面坐着稻本和三岛，旁边坐着原口。三岛穿着印花棉T恤和牛仔裤，开着一辆大陆巡来的。殿村最早到，在窗边看着那辆车停在店门口，稻本和原口下车后车子开进停车场胡乱一停，占了两个车位。三岛这人话很少，目光锐利，一直打量着殿村。

那个原口浑身酒味，好像已经喝过一摊了。他刚坐下就拿起香烟吧嗒吧嗒地抽起来，也不问问旁边的人。而且笑点很低，一点无聊的事情就哈哈大笑，露出一口参差不齐的黄牙，并吐出浓烟。

稻本准备了简单的资料，介绍农业法人。

"我们三人手上的农田合计二十五町步，又从弃耕农户那里收来了八町步，现在有三十三町步。创建农业法人能够使经营合理化，以前需要各自备齐的机器，如今可以法人内部共享，这样就能减少购买量，降低负担和成本。等规模搞大了，在地方上还能持有一定的发言权。"

稻本细数成为法人的好处。

"另外，几个专业农户合作起来，还能共享经验和分担农活。现在我们的规模还不大，目标是五年内扩大到一百町步。只要有一百町步，那就很不得了啊，殿村，是能跟北海道农户媲美的规模。"

町步是面积单位，一町步约一万平方米。梦想当然是越大越好，但就算耕种面积增加三倍，成员的收入也并不一定会随之增加。

因为每个人能耕种的田地有限，一旦超过极限，就要吸收新人。

稻本花了将近一小时，热情地介绍他们的战略，但在殿村看来，那都是脱离现实的空想。老实说，他一直一言不发地听这些，实在太痛苦了。

第一次听说时他就凭直觉认定这项计划脱离现实，但没有足够的专业知识和务农经验来有理有据地予以否定。

丰富的人生阅历也告诉殿村，不能轻易相信稻本口中的成长计划。

"你说的我听明白了。"

听了一会儿，殿村总算从资料上抬起头，开口说话了。

"我会考虑考虑的。不过我认为，想实现这项计划的话，你们不该轻易增加法人成员，就算这样能增加耕地面积。"

"话是这么说……"

见殿村听完计划也没什么热情，稻本的表情冷了下来。

"你不是在银行待过嘛，我们想着你可以负责财务。"

殿村在心里叹了口气，原来这人一开始就打着这个主意。

"我最近太忙了，没有余力帮你们，真是抱歉。"殿村放软语气，拒绝道。

稻本移开目光，把剩下的酒一口喝干。三岛因为要开车，一直在喝乌龙茶。原口已经追加了三瓶热清酒，眼神都飘忽了。殿村则靠一开始点的一瓶零度啤酒撑到现在。

"你家的农活由我们来分担，这样你愿意了吧？"

稻本似乎无论如何都想拉他入伙，殿村知道为什么，因为他们的事业计划现在到了需要筹措资金的阶段。为了说服金融机构和农林协出资，就需要像殿村这样擅长算账的人。

"跟我们一块儿干，就能轻轻松松务农。"

既然他都说到这个份儿上了，殿村感觉无法含糊其词地应对，便下定决心说出了真正的想法。

"你真的觉得这件事会按照计划发展吗？"

稻本抬起头，扫了殿村一眼。

"你觉得会不顺利吗？你又是怎么知道的呢？"

稻本似乎有些烦躁，这是不习惯商谈的人常有的反应，殿村开始后悔了。

"不，没有。既然你们决心在这条路上走下去，我觉得没什么问题。"

一直沉默的三岛眼神里多了一丝杀气，目不转睛地盯着殿村。

"一点都不好啊，殿村先生，你觉得哪里有问题，请告诉我们吧。"

"这个……"

老实说，这个计划完全是矛盾的，是过分乐观的产物。比如成本里有设备投资，却没有折旧费，营业额增加后变动成本却没有同比增加。对各种经费的预算也过度乐观，人员成本这些固定成本更是毫无逻辑。另外，说是要扩大到一百町步，到哪里去搞这么多地却没有头绪。

这时稻本气呼呼地点燃一根烟，随着烟雾吐出了让殿村有点在意的话。

"是吉井先生提议我们拉你入伙的。"

"吉井……你是说农林协的那个？"

吉井是本地区农林合作协会——简称农林协——的负责人。

殿村记得他是邻区一位大地主的三儿子。他之所以对这人有印象，是因为父亲对此人评价极低。

大部分农户从购买秧苗、饲料，到销售大米，都要依赖农林协，当然殿村家也不例外。可是父亲总说这个吉井有问题，两人关系不是很好。

"昨天我看你的拖拉机好像很旧了，要是去拜托吉井先生的话，他可以低息给你贷款，就能买辆新拖拉机了。不过我也不是叫你现在就给答复，只是……你最好考虑考虑吧。"

稻本的话让殿村难以释怀。直到第二天早上他才知道这番话究竟是什么意思。

一早走进厨房吃早餐,殿村看见父亲正一边吃菜一边看电视,就随便问了一句:"老爸,农林协的吉井先生你认识吗?"

父亲的表情立刻严肃起来。

"那家伙不行。"他不高兴地说,"我管他是不是大地主家的三儿子,反正不是个好东西。"

"你跟他闹矛盾了?"

"还不是因为米。"父亲说,"咱家的米不是一直对外直销吗,那家伙就看不顺眼。不记得什么时候了,他跑到家里来说:'以后你们要通过农林协来销售大米。'我说不要,我自己劳心费神种的米,怎么能让你们跟别的米混在一起卖呢。本来能卖出更好的价钱的,为啥非要那样卖呢?也太说不过去了吧。"

殿村的父亲开创了"殿村家的米"这个自主品牌,直接对外销售。一些超市会定期采购,还有专门来买他家米的固定客户。

"之后那小子当上了负责人,又找来了,叫我不要自己卖米。你猜他怎么说的?他说:'你别小看我,还想在这一带混吗?'于是我跟他说:'少在那儿痴人说梦了!'"

"你爸爸嘴巴太毒了。"母亲在一旁听到,责备了一句。

父亲气愤地说:"谁在乎啊。"

"他跟拖拉机有什么关系吗?"

"你听谁说的?"

父亲瞪大了眼睛,于是殿村报出了稻本的名字,父亲喃喃了一句"果然如此"。

"还是那什么农业法人吧?"看来稻本来找过父亲,"你该不会想加入吧?"

被父亲狐疑地看着,殿村赶忙摆了摆手。

"我可不加入。我已经拒绝了,结果他说了这么一句话。说农林社可以给我出资,让我换一台新拖拉机。"

"哪有这种好事。"

父亲用筷子敲了一下餐桌。

"小心血压。"母亲说。

"稻本家的儿子好像跟吉井那小子很聊得来,经常混在一起。要是加入那个农业法人,我们的米就没法直销了,必须经过农林协。简而言之,就是拱手让他们获利,这就是他们的目的吧。"

原来如此,殿村总算明白过来了,同时不由得对稻本的做法感到气愤。

看来乡下也有跟城里的大企业如出一辙的算计啊。

"如果能就这么蒙混过去就好了……"

今天天气也很好,厨房的窗台上洒满初夏炫目的阳光,殿村的心里却笼上了一层阴云。

7

"拖拉机的发动机?应该没什么问题。"柴田和宣优哉游哉地说道。

柴田出身制造部,现居专务董事一职。的场俊一过来找他商量务农机器人项目。他说"没问题"的事情是,由帝国重工的制造部来生产务农机器人的发动机和变速器。

"不过现在才找我有点太晚了呀,的场君。这上面写着项目已经开始一个多月了不是,怎么不早点跟我说呢?"

"一开始是财前在管,他想把订单发到外面去,让我给拦住了。"

"把发动机和变速器外包出去？太扯淡了。"

柴田眼底闪过凶光，释放出锥子般尖利的怒气。此人外号"铁拳柴田"，遇到不喜欢或反抗他的人，就会强行将对方除掉，这才一直爬到现在的地位。当然，他也不只是个简单的"暴脾气"，此人的实力在于技术创意和开发业绩，这点公司内部所有人都没有异议。

"赶紧把财前那种人炒掉吧。"

"他刚调到新部门。"

的场灵巧地避开了柴田的怒火，还不动声色地引诱柴田进入话题。

"我严厉批评过财前了，问他为什么要把这些外包。"

"那财前怎么说？"

"他说我们公司自主生产的都是大型发动机和变速器，两者不太一样，研发需要时间。"

"扯淡！"柴田恶狠狠地说着，气得满脸通红，"小发动机只要把体积变小不就好了？变速器也一样。财前那家伙到底在想什么？"

"真抱歉，毕竟总负责人是我，我替他向您赔罪。"

的场郑重其事地低下了头，脸上却带着一丝笑意。他跟柴田关系很亲密。柴田曾经跟现任社长藤间秀树争夺过社长之位，现在两人虽然表面上维持着平和的关系，但他心底里一直对藤间痛恨不已。虽还谈不上恶其余胥，但对藤间主导的政策柴田向来阳奉阴违，还常在自己的圈子里大加批判。由于财前主导的宇宙航空部是藤间最上心的项目，也就顺带成了柴田的眼中钉。

"听好了，的场君，制造部愿意支持这个项目，完全因为你是总负责人。如果不是你，我和奥泽根本瞧不上这些东西。"

制造部部长奥泽靖之在帝国重工内部号称"变速器先生",是建筑基石一般的人物。的场以前担任机械事业部部长时曾跟奥泽合作发起过大型项目,从那以后两人的关系一直很不错。

"我正准备去找奥泽谈这件事,要是专务能帮我美言几句,就更好了。这个项目未来有可能成为公司的收益支柱产业,特别是最近公司业绩有所下滑,应该能马上搞起来。"

的场认为,帝国重工开启务农机器人事业的一个优势在于,除了野木教授的技术以外,剩余大部分都能用内部现有技术应对。

"知道了,你抓紧研发吧,东西出来得越快,给市场带来的冲击也越大。我虽然很讨厌火箭……"说到这儿,柴田松弛的脸颊轻颤起来,"但我期待着这个项目能有一个火箭升空式的开端。"

第三章 宣战。各自的战斗

1

"明天我要上东京去出席新闻发布会。"

六月下旬，野木给佃打来一通电话。

"终于要正式发布了吗，恭喜啊。"

佃俯视着梅雨天空下的上池台住宅区，难掩声音里的兴奋。

明天下午四点，会在大手町的帝国重工总部召开新闻发布会，在几十家媒体前正式发布务农机器人投入研发的消息。

总负责人的场及相关部门负责人员都将出席，而拥有自动巡航控制技术的野木无疑是发布会的亮点。

长年进行的无人驾驶技术研究终于以农业机器人的形式踏出了实用化的第一步，可谓可喜可贺的开始。

"我也想去看看，可惜是无关人员啊。要不我们晚上一起吃个饭？反正我也没事。"

"好啊，太好了。"

野木的声音里也透出兴奋。他住在东京站酒店，两人约定下午六点半在帝国重工总部门前碰头。

挂掉电话，在旁边听到这通对话的山崎面带不甘心的表情，说道："总算到这一天了，其实社长也该在发布会现场受到万众瞩目的啊。"

"唉，说什么呢。"佃从窗边回到扶手椅旁，电话打来时佃这边正在开会，"我们只要埋头干好我们的事情就好，我们的目标跟帝国重工的这个项目一样，我们正在研发的变速器也总有一天会发光的。"

佃制作所内部的变速器研发已经进入最终阶段，目前正在进行样品测试。现在至少在样品性能上，他们的变速器已经跟竞争厂商不相上下了。虽说如此——

"正式做成产品上市，恐怕还要一年啊。"经过一番讨论后，佃做出了判断，"耐久测试需要时间，实地测试我也想好好搞。"

"现在说这个虽然还早，不过有必要尽快找一块能让我们自由使用的农田吧？"

目前他们借用北海道农业大学的试验田进行测试，但有一定限制。而且从东京到北海道，每次花费的时间和金钱都太多了。

"要是我们能参与帝国重工的务农机器人项目，说不定那边能有所融通。"

山崎长叹一声。

"阿山，你别这么说了，现在说这话还有什么用呢。"

佃嘴上虽然这样讲，心里却有同样的想法。

老实说，想到明天的新闻发布会，在替野木高兴的同时他也很不甘心。

"只能把这当成'龟兔赛跑'的故事，努力加油干啦。"山崎叹息道。

"我们是哪边，兔子吗？"佃调侃了一句。

"当然是乌龟啊，而且还是乌龟中的小磨蹭。"

山崎气哼哼地回了一句，把佃给逗笑了。

第二天，佃按约定时间来到帝国重工总部门口，发现野木已经在那里等他了。

"发布会怎么样？"

两人刚坐上出租车，佃就迫不及待地问。

"怎么说呢……"野木歪着头支吾了一声，说道，"会上基本都在介绍'阿尔法一号'，我的技术只在最开始时提了一下。"

"阿尔法一号"是帝国重工给这款务农机器人取的代号。

"然后就全在说帝国重工的新定位，要以此为契机，深入农业产业内部什么的。基本就是企业宣传那套话，我只是个摆设罢了。"

两人乘车来到神保町的一家寿司店，佃光顾这里多年了。这家小店叫"嘉户堪"，是一对夫妻在经营。

生啤端上来后，佃举杯说道："虽说有遗憾，但还是辛苦了。"

二人碰杯。

佃又问道："那你跟帝国重工的团队合作得怎么样？"

"你问到点子上了。"

野木一脸苦涩，顿了顿似乎在寻找合适的说辞。

"老实说，我觉得问题很多。"

"比如呢？"

"他们要我公开自动巡航控制系统的研发信息。"

研发信息，也就是自动巡航控制程序，这可以说是野木长年积攒下来的研究成果，是机密中的机密。

"怎么会这样……"佃很吃惊。

"他们说没有这东西，无法研发新机器。我回了一句'不可能'。"

"是财前先生跟你说的吗？"

"不，是负责发动机和变速器的一位部长，叫奥泽。"

"奥泽……"

佃好像听过这个名字。没过一会儿他就想起来了，岛津说起过这个人，当时他还是制造部副部长。此人曾全面否定岛津赌上技术员声誉提出的新型变速器企划，还把她从制造研发一线放逐出去了。

"然后呢？"

佃有点在意这个人。

"之后他们老实了一段时间，然后又提出能不能把专利转移到新公司，一起研发。他们说可以负担全部研发费用，但是新公司要由帝国重工百分之百出资。"

"怎么这样！"佃气不打一处来，"这不就等于把专利技术白送给帝国重工吗？你拒绝了吧？"

"拒绝了。那位奥泽部长专门跑到我的研究室，提出了这个方案，被我拒绝之后白眼翻得可起劲了。他可能没想到我会拒绝。"

"那帮人就不把你放在眼里啊。"佃忍不住咕哝道，"有财前先生跟着，竟然还会变成这样。"

"我看他好像被困住了啊。"

这话让佃十分意外。

"发动机和变速器这些驱动系统是跟我的自动巡航控制系统直接相连的核心部分，财前先生好像被警告过，不能插手这部分。此前他负责的时候我们还合作得比较愉快，那时我甚至想过要不干脆公开研发信息算了。"

"别这样啊，野木。"

佃慌忙阻止，却看见野木露出坏笑，这才意识到他在开玩笑，总算松了口气。一旦公开程序，那些拥有大量资金、又对技术眼红不已的势力就会马上研发出相似的系统，市场转眼就乱了，会演变为无秩序的过度竞争。到那时，日本会完全丧失在自动巡航控制系统方面的优越性。

"这还是第一个问题。"

"还有吗？"

佃吃了一惊。

"另一个问题其实更严重。"野木一脸凝重地继续道，"坦白说，虽然现在还在试错阶段，但我觉得帝国重工的发动机和变速器不太合适。"

"什么意思？"

"我的专业是自动巡航控制系统，但广义来说也算农业机械研究者，有能力对发动机和变速器的性能进行评估，得出的结论也具有一定价值吧。这么跟你说吧，我认为帝国重工拥有的技术不适合应用在农业上。"

"你有何依据？"佃问。

"他们此前做过大型推土机、坦克和船舶的发动机，在世界领域享有盛誉。对此我没有任何疑问，坦率地认同他们的成就。可是说到小型发动机和变速器，那就另当别论了。他们可能觉得只需要把原有发动机的体量做小就好，但实际上，小型发动机在精细程度上要求更高。翻土、细耕、插秧、收割，完成这些作业需要怎样的发动机和怎样的变速器？他们并没有理解这个基本的部分。换言之，他们对农业一无所知。而与此同时，他们对自己的技术深信不疑，这样肯定无法成长。"

野木对农机的要求很高，他那亲切热情的表情背后隐藏着决不妥协的态度。这是研究者的内敛。

"这种事情确实不能在新闻发布会上说啊。帝国重工的研发态度确实有问题。"

佃想起前不久开管理层会议时大家说过的话：帝国重工应该

没有研发制造小型发动机和农机变速器的经验。可即便如此，佃也做不了什么，只能在一旁咬牙切齿。野木倒是很豁达。

"就算你不说，我也知道整天窝在研究室里救不了日本农业。我就把眼下的困难当成必须经历的考验，再跟他们干一段时间看看吧。"

离开寿司店，他们又在附近找了一家酒吧续摊。

两人开始回忆学生时代，又站在各自的立场上针对农机相关的种种问题抒发意见，热情讨论了一番。佃感觉像一下子回到了三十年前，这一晚可谓一段格外快乐又意义非凡的时光。

在回程的出租车上两人还在你一言我一语地聊，野木到车站酒店下车时，时间早过了午夜十二点。

"那我就期待明天的报纸了，搞不好会占工业栏整个头版呢。"

"哈哈哈，电视台也来了，你说不定还能在早间新闻上看到我。"

早上七点多，佃艰难地爬起来，努力克服残留在体内的酒精作祟，来到客厅，翻开了当天的报纸。

他先看了头版，并没有关于帝国重工新项目务农机器人的报道。

佃略感失望，翻了好一会儿，才在中间的工业栏一角找到了。

怎么就这么点儿啊。这是佃的第一印象。

报上没有他满心期待的发布会现场照片，只有明信片大小的一小块文章，标题是干巴巴的《帝国重工进入务农机器人领域》。

文章中提到了野木，但没提及日本农业的现状，只是平淡地陈述帝国重工将开启一项新事业。

"专门跑去参加新闻发布会,结果竟是这样。野木也太可怜了。"

"最近农业很不得了啊。"母亲的声音从厨房传了过来,佃突然抬起头。

"据说现在的拖拉机都能自己耕田了。"

母亲正在看厨房的电视,佃慌忙过去,目不转睛地盯着画面。

"这是哪个台播的?"

"大日电视台。你怎么了?"

屏幕上并不是新闻发布会的场景,而是一块旱地,一辆无人驾驶的拖拉机正在上面行驶。

这是什么地方的农田?

"真的跑起来了!"一名女记者说着进入镜头,看来这是实况转播。

"好厉害啊,没人在驾驶,拖拉机就能自动出门作业。之后能自己回车库吗?"女记者问道。

她在问谁?野木?不,不可能是野木。要是有实况转播,他昨天应该会提起。

镜头切换到一位身穿作业服、戴着头盔的男性。

是个佃不认识的人。当然不是野木,也不是野木研究室里的学生。这人个子很高,四十多岁,看起来很有教养,不过目光异常锐利。

"只需要在电脑上设定好,不仅是白天,夜间也能自动从车库出发,完成耕种任务后返回。"

佃感觉像在做一场噩梦。

此人的介绍跟野木研究的无人驾驶车辆概念完全一致。电视屏幕上，无人驾驶拖拉机在田地上行驶的光景也让他想起野木的试验田。

"这到底是谁啊……"佃不自觉地咕哝道。

"据说这辆无人驾驶拖拉机，是重田先生率领京浜地区的城镇中小企业共同制造出来的。"

记者介绍道，那人笑着点点头。

"没错。我希望通过这辆拖拉机，向日本，不，向世界展示我们城镇中小企业的技术实力和观点。"

"真的非常棒。对了，请问这辆拖拉机叫什么名字呢？"

镜头拉到那个人的特写，他说道："我希望今后日本的农业能焕然一新，所以把这款产品命名为'达尔文'。我们会继续为'达尔文项目'全力努力。"

这个名字取自提出"进化论"的查尔斯·罗伯特·达尔文。

"重田先生，我这里有份今天的报纸，您看了这篇报道吗？"

女记者所说的正是那篇报道帝国重工要研发务农机器人的文章。

"帝国重工这家大企业也要参与到农机领域，这应该算是实力强劲的对手吧？"

这句话带有一点煽动的感觉。

"我们不会输的。"特写镜头里的男人眯起了眼睛，"为了让日本更有活力，我们这些在城镇默默努力的中小企业不能输。我们的力量虽然薄弱，但会齐心协力，同舟共济，用心做出不输大企业的拖拉机。请各位多多支持！"

这什么意思啊？

佃忍不住叹息。

他这番话肯定能打动观众，因为他巧妙利用了日本人盲目同情弱者的心理。

"怎么回事？"

佃闻声回过头去，发现利菜不知何时站在他身后。

"还能是怎么回事。"

电视上播的节目换了，佃把目光移开，说道："看来帝国重工遇到了强有力的对手。你赶紧去公司吧，肯定炸锅了。"

2

临近傍晚，营业部各位员工用他们从各家合作伙伴那儿收集来的情报，大概拼凑出了"达尔文项目"的样貌。

"听说领头的是代达罗斯。"

最先带来这个信息的是营业部的江原。

佃坐镇会议室，听江原说大田区的一个合作商告诉他，"达尔文项目"来找过他们，项目的发起人是代达罗斯的社长重田登志行。

"就是今天早上电视里的那个人吧。"江原说道。

"那人就是重田吗……"

佃回想起那个目光锐利的男人脸上的表情。

接着，村木昭夫又从参加了这个项目的公司那儿打听到了其他合作企业。村木是营业部里的年轻一辈，平时很老实，工作脚踏实地，深得合作方信赖。

"听说项目是今年三月启动的，核心管理层包括代达罗斯的重田社长、幽灵传动的伊丹社长，还有一个叫纪新的公司……"

"纪新？那不是大森的公司吗？"

佃感到惊讶，村木也很吃惊。

"您知道这家公司？我查了一下，确实在大森的一座IT大厦里。"

没错了，就是去找野木搞共同研究，然后跟他打官司的创业公司。

一听到务农机器人项目，佃首先就想到对方是如何解决自动巡航控制技术这一障碍的。可既然有疑似盗走了野木研究成果的纪新参与其中，这个谜团就解开了。

与此同时这也暗示"达尔文"可能具备跟帝国重工同等级别的技术含量。

"可能要乱套了啊。"佃抱着胳膊感叹。

村木又继续道："听说另外还有一家叫北堀企划的公司，不过没有出现在发起人名单中。好像在所有参加者一起开的企划会上，说那家的社长是宣传负责人。"

"宣传负责人？北堀企划是家什么公司，搞设计的吗？"

发动机、变速器，还有自动巡航控制系统，简而言之，发起人都是核心系统的研发者。

"不，我听说那是一家电视节目制作公司。"

"电视节目？"山崎在佃旁边发出了刺耳的疑问，"怎么还有这种公司加入啊？"

"这您问我……"村木很为难。

"不，等等。"佃抬起头说，"莫非这个北堀企划搞的是新闻和资讯类节目？"

村木当场拿出手机检索，马上查到了这家公司。

"啊，真的是，公司概要上写着制作民营台播出的资讯类节目。"

"他们有个节目名字叫'ASADAS'，对不对？"

那就是佃今天早上看的节目。村木应道："是的，找到了。"

"就是这么回事，阿山。"

山崎愣住了，佃又继续道："北堀企划负责'达尔文'的宣传，所以他们才没出现在发起人名单里。"

"原来如此，为了避免被人说'自卖自夸'吗？"

不谙世事的山崎此时也终于反应过来了。

"没错。他们不出现在台前，一直在幕后通过新闻和资讯类节目发布'达尔文'的消息。"

"还把帝国重工包装成竞争对手。"江原哑然，"作为一家城镇企业，这也未免太大胆了吧。"

"我觉得这个项目不只是召集有志之士研发拖拉机这么简单。"

村木说完，提到了荻山仁史这个名字，他是地方选举的众议院议员。

"据说在荻山议员的推动下，这个项目目前是代表京滨地区的重点项目，整个地区会全面支持。而且，幕后似乎还包含浜畑首相的ICT战略构想。"

所谓ICT，就是信息通信技术（Information and Communication Technology）的缩写。

去年进入二期竞选的浜畑铁之介内阁，为实现总选举大胜，陆续打出许多政府主导的战略。

"听说在他的ICT战略构想中，农业被定为中心。我认为荻山议员可能希望凭借'达尔文'来提高自己的声誉。而且地方区政府的产业振兴课也答应予以协助。"

"就是一帮各有所图的人，在'达尔文'这个项目上面找到了一致的利益点呗。"

佃点点头评论道，没想到还有其他的新消息。

去山谷的浜松工厂出差的津野打来电话，说道："我刚跟木户先生碰了面，听说了一件跟'达尔文'有关的事。据说'达尔文'的设计和组装都交给山谷了。"

佃感觉像被人从后面敲了一闷棍。

他想到不久前去浜松工厂拜访厂长入间时对方的反应。

当时入间是这样说的——怀有这种想法的不只帝国重工一家。其他厂商，当然也包括我们，可能也在策划这类项目。

事实上不是"可能有"，而是"已经有了"。

而佃对此一无所知。

"原来是'达尔文'啊……"

现在他已经完全没有了隔岸观火的心情，不仅如此，还有种被排挤在外的疏离感。

该采取什么行动呢？佃思考着。

可是没有得到答案。

要是这种时候殿村在就好了。

虽然说这种话为时已晚，可他还是按捺不住这种心情。佃就是忍不住这样想。

3

"达尔文项目"的核心四人组晚上在自由之丘站附近一家小有名气的和食店里聚餐。代达罗斯的重田是这里的常客，老板特地给他们安排了二楼安静的贵宾包间。

另外三个人是幽灵传动的伊丹、纪新的户川让，还有电视制作公司北堀企划的北堀哲哉。

"太成功了。节目播出之后，接到了大量咨询电话，来自哪儿的都有。你们可要加油啊,早点给出下一个捷报哦。"

北堀留着一头银色的长发,脸被烟酒熏得略黑,笑容像硬挤出来的似的。光看外貌他可一点儿都不像电视节目制作公司的社长,更像个职业不明的糟老头子。

"这个头儿开得很不错,接下来要趁势加把劲。"

重田的语气很平和,注视着虚空中一点的眼中却翻腾着激昂的斗志。

"真是的,你们这两个老同学太让人头疼了。"户川嘲讽了一句。

此人个子矮小,没考上大学,在IT公司当了一阵子临时工后成立了一家公司叫纪新。他好像一直无法释怀一些事,时刻对社会感到愤怒,因此言行中常常带刺,看人的视线里总是透着轻蔑感。

正如户川所说,北堀和重田曾就读同一所知名公立大学。但与坐拥家业的重田不同,北堀家是母子俩相依为命,日子过得很艰辛,是历尽艰难才上了大学的。可能正因如此,北堀思想偏左,总喜欢与强大的社会权力对着干。

在北堀心中,大企业便是恶,政府执政党是必须强烈批判的对象;相反弱者则是永远正确的,是需要救济的对象。这样的思维方式倒是与帝国重工对待城镇中小企业的态度不谋而合。

"不过我万万没想到,竟能形成如此鲜明的对比。我悄悄问过以前的同事,听说帝国重工内部已经乱成一锅粥了。"

说话人是幽灵传动的社长伊丹大。他以前是帝国重工的员工,隶属被誉为"名门"的机械事业部,后来因为批判企业体制的"刺头行为"被调到了总务部,并在那里遇到同样遭到排挤的岛津裕,与她一起成立了幽灵传动。后来二人在与代达罗斯进行资本合作的问题上意见出现分歧，进而决裂。现在幽灵传动的技术部负责人换成了冰室彰彦，冰室出身大厂东光公司，是伊丹在跟岛津决裂之前就看上了的优秀工程师。

"真是太痛快了。"

重田举起酒杯，伊丹也跟着举了起来。

啤酒真好喝。

活该——这两个字虽没有说出口，却化成伊丹满面的笑意。

这应该就是胜利的余韵吧，他感到十分满足和快活。

"你们可别以为帝国重工那帮人就这么完了。"重田低声道。

伊丹隔着酒杯，注视着他脸上的可怕表情，那是由怨恨、怒火和癫狂混合而成的神情。重田的情绪非常亢奋，伊丹的心情也随之高昂。

他心中也燃烧着对帝国重工的憎恨，还有对的场俊一的怒火。

这时北堀说道："另外，上次那篇文章会照预定节奏，这周刊登。"

重田听罢，又换上欣喜的表情。

"上次那篇文章是什么？"户川不嘲讽别人的时候语气就会很直接。

"《波尔多周刊》会刊登一篇很有意思的文章。"北堀说道。

户川露出惊讶的表情，重田被逗得大笑，伊丹不自觉地也跟着笑了起来。

其实他也不知道到底有什么好笑的，只觉得心里有说不出的愉悦。

我喝醉了吗？不，伊丹想，应该是受氛围的影响。这四个人在一起，形成了一种特殊的氛围，如同能麻醉精神的毒品，或许类似集体臆想症。

而这种氛围很快就会吞噬帝国重工，把的场俊一逼上绝路。在不远的将来，一定——

走着瞧吧，伊丹在心中默念，这话语宛如北堀吐出的烟雾一般缓缓上升，萦绕在空中，迟迟没有消失。

4

"这是你的失误。"这句话的场说了三次了。

帝国重工要开始研发务农机器人的消息登上了经济新闻，到这一步还算不错。只是早间的一档人气资讯类节目上大肆报道了"达尔文项目"，造成了远远超过他们的冲击。

本以为是独占市场，却突然出现了劲敌。

"你怎么事先不知道这事，问问外包商不是一下子就能打听到吗？"

"非常抱歉。"

这也是财前第三次道歉了。然而的场并不领情，依旧怒火中烧。

事实上，"达尔文项目"也让财前吃了一惊。

事情当然不像的场所说，跟外包商打听打听就能得知，实际操作起来是很困难的。这类项目在公开前肯定是严格控制消息外泄的。

财前知道，的场会如此生气，原因在别处。

他们花了一整天时间，想办法从京浜地区的众多外包商那边打探出，"达尔文项目"的核心成员都是些令人意外的熟面孔。在的场看来，那些人肯定是来者不善。

向财前提供进一步信息的，是现任机械事业部副部长的西野。他与财前同期入职,看来也对"达尔文项目"展开了调查。傍晚时分,西野打来内线电话,语气显得有些慌乱。

"财前,糟糕了,那个重田跟我们有点渊源,伊丹就更别说了,他以前在我们部门待过,是个格外精明、有头脑的人。"

西野稍微提了一下重田工业破产的事,这件事当时在公司里引发了一段时间的议论,财前一听就想起来了。

重田工业一直对帝国重工的削减成本要求置之不理,当时负责与其对接的就是伊丹大。由于屡次交涉都没有进展,伊丹便写了一份意见书,建议对该公司进行"遴选"——即终止合作。内部激烈讨论后,的场批准了那份意见书,重田工业走投无路,带着数千名员工消失在了商业浪潮中——

"曾经将重田工业逼上绝路的伊丹和重田本人联手了?为什么?"财前问。

"我也想知道啊。"

没人知道他们在这时发起挑衅到底是不是偶然。

"重田应该还有合作会的人脉吧?"

"不知道。不过他去世的父亲是合作会的重要人物,很可能一直保持着联系。"

另外,伊丹在帝国重工内部有不少旧相识,这边的情报可能已被尽数泄露给了"达尔文项目",反过来,对方的研发情报却仿佛围着铜墙铁壁。

还有一个值得担心的地方财前没对西野说。

那就是纪新的户川。

北海道农业大学的野木曾怀疑纪新公司窃取了他的研发信息,若他们运用这些信息搞自动巡航控制系统,那么帝国重工是否还拥有优越性,就要打个问号了。

而且，单看第一波宣传，目前外界显然更加看好"达尔文"那边。

有人敲门，秘书探头进来说："多野宣传部部长来了。"

"请他进来吧。"的场头也不抬地说。身材臃肿的多野气喘吁吁地走了进来。

"明天发售的《波尔多周刊》上有这么一篇文章。"

他把一份打开来的样刊放在会客茶几上，然后掏出手帕擦了擦秃头上的油汗。

在财前所站的位置也能看到文章的大标题——《城镇拖拉机"达尔文"的真相　被帝国重工践踏的男人们的挑战》，副标题是"候选社长的精英下属亲自下场　数千名员工流落街头"。

"这是什么？！"的场发出愠怒的质问。他气得脸颊发颤，红着眼看向多野。

"撤掉！"他突然怒吼一声，多野顿时一哆嗦。

"撤、撤不掉……"这句话他倒是说得很清楚，"前几天这家杂志的编辑部发来采访申请，我回答说当年的合作项目是机密，不能公开，但保证我司的一切操作合理合规，不曾引发任何问题……"

这到底是……财前心里纳闷，同时也因这越发剑拔弩张的气氛产生了危机感。

"这下子有点出乎意料了。"

夜里佃打电话给野木，拿着手机低下头道歉："真对不起。"

电话另一头传来了一声惆怅的叹息。

"也没办法，这不是你的错，我也不打算责怪财前先生。只不过实在无法原谅纪新的户川社长啊。"

佃很明白野木的心情，同时也理解他不想把事情闹上法庭。

"我问个问题，纪新手上的技术，跟你持有的技术，水平一样吗？"

无人驾驶技术的研发信息被盗大约是在五年前，在那之后，野木应该一直在完善和提高该技术。如此一来，二者之间应该会出现仿如正品和假货般的差距。

"以现在的水平为标准的话，当时只算完成了七成吧。但也要看他们自己进行了什么改良。"

"你是想说搞不好他们的水平更高？"

"这种可能性并非没有。"野木说，"对了，刚才财前先生打电话给我，说《波尔多周刊》要刊登一篇文章，他没说具体内容，但好像不是什么好事。他嘱咐我别太介意。"

"爆料吗？"

佃觉得肯定又是"达尔文"搞的鬼，会是他多虑了吗……

"技术姑且不说，在市场营销方面，'达尔文'比我们有优势多了。"

野木毫不保留地说出了感想。

"你说的没错。"

其实帝国重工有时会被如其名字般厚重的结构拖累，从而不擅长营销策略。

"如果只是营销策略不如人家，倒是还有挽救的余地。"

野木留下一句意味深长的话，结束了通话。

第二天早晨八点刚过，佃就走出家门，到便利店买了一本《波尔多周刊》。

他很快就找到了那篇文章。先在便利店门口浏览了一遍，来到公司后又细读了一遍。

近十年前……

帝国重工单方面终止了与拥有数千名员工的重田工业的合作，重田工业宣告倒闭，社长重田登志行与员工们一道流落街头。当时发出最后通牒的人，便是现在帝国重工务农机器人项目的总负责人，的场俊一董事。其后重田从底层重新振作，收购了当时业绩低迷的代达罗斯并出任社长，通过严格的成本管理和专注低价发动机领域策略，实现了业绩的飞跃。

如今，几家城镇企业联合起来创立了"达尔文项目"，向宿敌帝国重工下了挑战书……

文章用热情的笔触描写了重田的悲惨遭遇和之后复兴的过程，同时将帝国重工塑造成无比冷酷的邪恶帝国。不仅刊登了的场俊一的真名，还附上照片，指责他是让几千名无辜员工遭遇不幸的大恶人。

山崎看完报道马上跑来社长室，说道："这个重田登志行的遭遇的确挺悲惨的，不过把帝国重工写成这样也有点太过分了吧。网上也讨论得很火热呢，就像'好人'达尔文向'坏人'帝国重工发起挑战啊。"

"阿山，这可不是挑战这么简单的事情。"佃断言道，"这是向帝国重工宣战。"

5

"的场君，你也有判断失误的时候啊。"

突然被这么一说，的场看着对方僵住了。

若是夜晚，透过帝国重工会长室的窗户能看到大手町美丽的夜景。此时是太阳下山前，满眼浓郁的金黄色，美得让人恨不得把这景色装进画框里。

会长冲田勇背对着夕阳，与的场面对面。

百叶窗全开着，坐着的冲田完全处于逆光之中，的场看不清他的表情。

但他可以想象。在挖苦的话语和暴躁的语气背后，冲田始终表情淡然、优雅。

"你就不该插手那种新项目，还是太急功近利了啊。"

"不，事情不是那样的。"

可以否定，但不能给自己找借口，因为冲田不吃那一套。

"人生充满无法避免的风浪，要能攻会守，就跟踢足球一样。"

就读东大时冲田曾担任足球部主将，他时常将人生比喻为足球比赛。

"最关键的在于不要逆风而行。该攻的时候攻，该守的时候守，如此反复的过程中，就能找到决胜之机——藤间说还要再干一期。"

最后那句话让的场大受打击，但他很小心地不让心情体现在表情上。

上层人事变化迂回曲折，暗流涌动，公司内部政治局势堪比伏魔殿，不是的场一个人能抵抗的。既然藤间说"要继续干"，并且获得了批准，那就代表包含冲田在内所有高层的意愿。

"眼下是困局，你要是实在想干就干吧，不过我想你也不会故意去做火中取栗的事情。"

无须费心思考这话是什么意思，很明显，就是就任社长一事要延期了。

"现在是雌伏之时。"

冲田说完便安静下来，仿佛连他这个人都消失了。

这表示谈话结束了。的场浑浑噩噩地站起身，行了一礼，然后走向从美丽画卷通往现实世界的大门。

6

早上的活儿干完了，殿村回到家中时是十一点半。

他把拖拉机开进仓库，停在阴凉处。发动机关闭后周围顿时恢复了乡间特有的宁静。

殿村摘掉草帽，用脖子上的毛巾擦了擦汗，走到院子里打开水龙头洗手，这时突然听见背后传来踩踏碎砂的脚步声。

他回过头去，只见一个身穿长裤和衬衫的陌生人站在那里。

来人脖子上挂着ID卡，腋下夹着黑色文件袋，看起来三十出头，又瘦又高。

"您好。"声音略显轻浮。

"哦，您好。"

殿村应了一声，用毛巾擦擦手，用眼神催促对方说明来意。

"此前稻本先生他们邀请您加入农业法人了吧？"

看来他就是吉井浩，那个曾跟父亲交恶的农林协职员。

吉井的父亲是隔壁区的大地主，在当地很有影响力，有传言说是他把毕业后恰逢就职低潮、找不到工作的三儿子介绍进了农林协。

结果就成了这么个高高在上的少爷职员。

殿村是认可农林协的存在意义的,只是这种人很难对付。简而言之,其实是吉井这个人有问题。

"对,邀请我了。"

"殿村先生您是打算加入的,对吧?"

他的语气中不含一丝疑虑,甚至有点威压的意思。

"我不想加入。"

殿村的回答引得吉井的眼中闪过新的神情。

"为什么?"

吉井自然地找了个木箱坐下,等待殿村回答。

"因为我觉得没意义。"

"有意义。"吉井看了一眼拖拉机,"如果将这个地区的农户集中起来,搞一个大规模的农业法人,就很了不起了呀。拖拉机还能换新哦。"

看来吉井是听了稻本的讲述,来探殿村口风的。

"我不需要换新的,这个足够了。"殿村转身回到仓库,卸下拖拉机后方的爬犁,又说道,"你们的想法我听稻本说了,不过我觉得那样跟一个人做没什么区别。而且,我不想让我们家的米跟他们的米混在一起卖。"

"'殿村家的米'吗?"吉井嘿嘿一笑,"你这样我很为难啊。这么任性地做决定,你觉得真的好吗?"

"我们看重的不一样,种出来的米味道和品质肯定也不一样。被强行混在一起,我也很为难啊。"

"你这样的人,会给大家添麻烦的。"

吉井的话突然变得粗鲁。

"你是个外行,还不懂如何种米吧?一个既没经验,也没相关知识的人,没了我们能做得下去吗?"

殿村天生性子软，又不善言辞，对方气势一上来，他就只能滴溜溜转着大眼睛，却说不出话。

"总、总而言之，我不加入那个农业法人。"

吉井缓缓站了起来，目光犀利地看着殿村。

"我劝你最好别这么狂，殿村先生。"

扔下这句话后，他就离开了。

第四章 尊严与空罐

1

对佃制作所来说，这一年就像"祭典"。

做一个新东西的时候，需要用到非日常的力量，那种力量跟大家沉浸在祭典狂热中的力量差不多。

这段时间里，对佃制作所的轻部、立花和亚纪而言，变速器就相当于信奉的神祇。

正如信仰没有终结，技术也没有终点。

每天都要面对自身的无知，只能始终保持谦逊，并且源源不断地注入热情。

现在，佃站在北海道农业大学的试验田边。晴空万里，昨天下了一天的大雨仿佛只是幻象。

北国大地，熏风正清。

"开始吧。"佃通过对讲机发出指示，马上有一阵微弱的发动机声乘风而来。那声音来自安装了佃制作所研发的小型发动机"斯特拉"，以及他们自主研发的变速器这对组合的无人驾驶拖拉机。

拖拉机从车库里驶出，车身依旧为山谷制造，只换了发动机与变速器，并搭载上野木的自动巡航控制系统。它按照程序驶过农道，进入田间，完成耕耘作业后又沿着农道返回了仓库，全过程耗时约一小时。

发动机声消失后，佃的四周响起了掌声。是变速器研发小组的轻部、立花和亚纪。

今天进行的这次实验，主体是为了让农业器械走向未来，佃制作所自主研发的无人驾驶拖拉机。

"一般般吧。"轻部发表了感想。

"接下来要进行一百次连续运作实验，对吧？"亚纪说。

"那当然了，就算是一千次一万次，咱们的机器也不能停。万一遇到今天不收割就要来不及的时候，机器却不转了，那可咋办？一整年的辛苦可就打水漂了。"

轻部说得没错。

之后他们又讨论了几个问题点，然后所有人走进车库进行调整。

"真是个优秀的团队啊。"野木夸奖道，"帝国重工要是也这么用心就好了。不过这也是理所当然的，在小型发动机和变速器领域，还是佃的更优秀。"

"我们还是一个发展中的小企业啊，要是能尽快投入量产就好了。"

产品研发和进入市场之间还有很长的距离，遗憾的是，佃制作所目前还没有能削减这段距离的实力。

"虽说如此，帝国重工的阿尔法一号也完成得很好，不是吗？"

野木摇了摇头，给出意外的回答。

"他们搞错方向了。"

"什么意思？"

佃吃了一惊，看着野木苦恼的侧脸。

这一年来，佃埋首于自己公司的业务，很久没关注帝国重工的新项目了。

野木道出的研发内幕给佃造成了一点冲击。

2

"我认为野木教授的担心非常有道理。"

这天佃到帝国重工办事，之后去宇宙航空企划推进组见了财前一面。

"出什么事了？"

"这个嘛……"财前看向桌面，皱着眉，表情苦涩，"制造部进行了很多次讨论，目前有往大型化倾斜的势头。"

"大型化？"这又有什么问题呢？

"佃先生您也知道，拖拉机的主流需求集中在小型和中型产品，大型拖拉机的需求基本局限在海外和北海道的部分大农庄。如果搞大型化，就会偏离拯救日本农业这个初衷。"

"那是为什么会变成这样的呢？"

难怪野木心里会有不满。

"有两个原因。"财前一脸肃穆地竖起两根手指，"首先最主要的动因是我司制造部的意向。说白了他们就是想利用自己擅长的技术，故意脱离项目初衷，改走大型化这条老路。"

佃猜测这恐怕在财前的预料之内，因为财前深知帝国重工制造部是一个什么样的部门。可能正因如此，当初他才不提倡自主生产，而是想外包给佃制作所。

"另一个原因就是以对手身份登场的'达尔文'。'达尔文'确定了要做小型和中型拖拉机，因此的场要考虑分占市场。"

"他不想竞争？"

"他在公司内部会议上是这样说的。但我认为他的真实想法是，专门为了竞争而研发小型发动机和变速器，实在太费时费力。"

"怎么这样……"

佃无语了。

"这样真的好吗，财前先生？"尽管知道没用，佃还是忍不住对财前抱怨，"您不是说了要跟我一起拯救日本农业吗？野木当时也是因为这个才决定合作的，现在这样不相当于过河拆桥嘛。"

"实在对不起，如果我的力量再强大一些，事情也不至于变成这样。"

佃明白财前的意思。

问题在于的场俊一。

他为了争夺功劳而中途"劫持"了该项目，并且制定了全部自主生产的方针，才会导致现在的困局。

"的场先生做得不对——这句话谁都说不出口吗？"

"就算说了，那个人也不会听。"

"既然如此，你打算背叛野木，继续推进这个项目吗？那也太过分了。你看看这个吧。"

佃拿出平板电脑，打开那段专门拿来给财前看的录像。

财前瞪大了眼睛，目不转睛地看着画面上的拖拉机。

"这是……"他抬起头来问道。

"这是我们研发的务农机器人样机。"

"这上面的自动巡航控制系统是……"

"是贵公司使用的版本的升级版。不过您放心，这辆拖拉机算是野木研究室的实验用车辆，目前尚未计划投入量产。"

野木签署了协议，承诺将其研发的自动巡航控制系统独家授权给帝国重工，只有一个例外，那就是野木研究室可以继续在此技术的基础上研发实验用拖拉机。野木研究室的研发每一天都在进步，上次在北海道农业大学的实验就用上了最新版的程序。

"财前先生，您知道我想说什么吗？都这种时候了，我不会请求您把订单发给我们的。"佃说，"我们公司研发费用有限，又分不出多少人手，能倚仗的只有长年生产小型发动机的技术和经验。我们这样的都能做出东西来，人员和资金都不缺的帝国重工难道还做不成吗？只不过没有认真去挑战而已吧。只要想做，就能做到。"

财前听罢，右手用力按住额头，陷入了沉思。

"不过，我不希望您继续做背叛野木的事情。"佃继续说道，"财前先生，拜托您了，请您想办法修正研发轨道，然后与'达尔文'堂堂正正地交战。"

财前低着头，盯着置于膝盖上的双手。

沉默了一会儿，他回应道："您的意思我明白了。"接着站起身，朝佃深深鞠了一躬。

3

帝国重工在冈山市郊外拥有一片广阔的试验田。这里原本是一片弃耕地，财前找到了土地所有者，交涉后买了下来。

之所以选择冈山，有好几个理由。

首先，帝国重工暂定把未来的务农机器人生产线放在广岛的工厂，而冈山离那里比较近。

其次，冈山地区是农机发祥地，至今仍有许多农机厂商集中在这里。

一辆大型拖拉机正在农田上行驶。它承受着阳光的暴晒和干燥的风，一路扬起尘土，行驶到农田角落，然后调转方向，继续作业。

这是帝国重工的务农机器人样机"阿尔法一号"的实验现场。

此前已经做过许多次实验了,但今天很特别,因为项目总指挥的场俊一从总部前来视察了。

"看起来很顺利嘛,差不多可以计划投入市场了吧?"

参观完毕后,的场回到帝国重工冈山分社的会客室,一路心情大好。这次实验还请来了冈山县知事和冈山市长一同参观,另外来了不少报社记者,现在他们需要把"阿尔法一号"的研发进度和实力告知大众。的场很清楚,如果市场一开始不认可,就谈不上后续营销。

坐在会客室一端的冈山县知事满脸笑容地大力夸奖了一番"阿尔法一号"的性能,还与市长一道郑重邀请帝国重工务必选择冈山设立制造工厂。

"今天真是大开眼界啊。对了,您知道冈山曾有大片政府试验田吗?"冈山县知事说道。

"是的,当然知道。"的场笑着回应。

接着知事递给他一份文件。

"冈山每年都会举办一场大型农产品展览会,名叫'日本农业'。您知道吗?"

"啊,这个不知道呢……"

的场抱歉地摇了摇头。

"不光日本国内厂商,还有许多国外的农机厂商前来参展。以农业相关人员为主,来客不下十万,算是个广为人知的展会。"知事骄傲地说,"今年秋天还会召开,能请贵公司在会上展出'阿尔法一号'吗?届时会有许多媒体前来,必定会备受瞩目。也是一次很好的宣传啊。"

"那真是太好了。"的场拍掌道,"请一定要让我们参展。"

"我冒昧提一个刚刚想到的要求,能否请帝国重工在展会上也做刚才那样的现场展示?务农机器人将来可能会背负起振兴日本农业的重任,如果能亲眼看到它工作的场景,大家一定会很高兴。我想将这个作为展会的重点项目。"

"奥泽君,你觉得呢?"

财前也在场,但的场却点了制造部部长奥泽的名字。

"这是求之不得的大好机会啊。知事先生,实在太感谢了。"

奥泽鞠躬道谢,财前则在不远处旁观。

的场在项目中一直排挤财前,坚持重用奥泽,他对外的说法是财前主张将发动机等主要零部件外包出去,所以不能委以重任。然而实际上他一定是自觉从财前手中夺走了这个项目,为此感到心虚。

现在,关于项目的重要决策都由的场和奥泽商议决定,实质主导权已经脱离了宇宙航空部,逐渐被的场和他的心腹奥泽掌握。与此同时,表面上看项目依旧归属于宇宙航空部,因此一旦出现亏损或失败,责任就会落到宇宙航空部头上。

而且,样机"阿尔法一号"跟当初财前心中描绘的样子也相去甚远。当然,它也不是野木希望看到的东西。

的场和奥泽这两个人在决策时忽视了一个决定性因素,那就是务农机器人使用者的视角。

并不是说只要做出无人驾驶的拖拉机就好了。

帝国重工从战前制造大炮巨舰起步,一直以难以撼动的产业支柱身份君临业界。这样的公司往往重视与大公司的合作以及面对企业时的态度,对普通顾客却缺乏关注。"做了就能卖",这就是帝国重工的看法。

的场和奥泽都被局限在这一视野中,又疏远了能提出意见的财前,项目便越做越狭隘了。

"喂,财前。"送走知事一行后,的场问道,"你之前知道'日本农业'吗?"

"嗯,知道。"

"那你怎么没说过?"

的场目光凶狠地看着财前。

"我考虑到样机尚未稳定到足以对外公开。"

"你又想搞你最擅长的火箭品质那一套啦?"奥泽充满恶意地揶揄道,他对抛下制造部,试图往外发订单的财前向来抱有敌意。

"'日本农业'可能还会邀请'达尔文',而我们目前还不知道对方的底细。"

"根本没必要知道。"的场大声断言,盯着财前的目光仿佛要喷出火来,"不管他们来什么,我们的技术都有绝对优势。什么达尔文项目,我们不可能输。"

的场说完便扬长而去。

"财前君啊……"奥泽跟在的场后面,突然回过头来说,"发动机和变速器这些东西,你不都是外行嘛。你们宇宙航空部的人就只要闭着嘴销售我们制造部做出来的东西就好了。"

财前无法反驳,只能咬着下唇目送两人离开。

4

"刚才有人打电话来,邀请我们参加冈山的'日本农业'展会。据说帝国重工届时也要展出务农机器人。"

重田在电话里对北堀说,北堀立刻决断道:"绝对要去。"他还说，"这是让所有人见识到实力差距的好机会。"

与帝国重工合作会和内部员工都有直接联系的重田和伊丹收集了很多对方的务农机器人的信息。常年制作新闻节目的北堀手下也有自己的渠道，能获得各种情报。

这几天，北堀挖出的最大独家新闻就是帝国重工的下任社长候选人的场俊一的上任时间延迟了。

重田得知此消息后，与恰好也在场的伊丹一同拍手称快，当晚就聚餐庆贺，双双沉醉于胜利的美酒中。而导致的场延迟上任的那篇文章，就是北堀亲自安排的。巧妙利用媒体控制舆论，让大众站在自己这边，将对手推下悬崖——除了北堀，重田找不到更熟知此套路和人性的人了。

"对方肯定也觉得这是个机会吧。"重田发出低沉的笑声，"但他们是飞蛾扑火，看我们把他们打个落花流水。"

这边已经通过各种渠道基本掌握了"阿尔法一号"的情况。

由于制造部门的技术限制，帝国重工不得不把发动机做大。另外伊丹判断他们的变速器已经落后于时代。与之相对，"达尔文"搭载了代达罗斯优秀的发动机，又有幽灵传动最新型的变速器，可谓最强组合。

他们不可能输。

"帝国重工对达尔文。曾经被帝国重工践踏在脚下的人终于大仇得报。只要在电视上播出这样的新闻，整个日本都会随之达到高潮。"

电话另一头传来北堀兴奋的声音。

"日本农业？"

夜里，伊丹接到重田的电话后，思考了片刻。

"已经答应出展了吗?"

"我打算明天回复主办方。北堀说我们一定要去,还说一定会成为大新闻。"

"嗯,肯定会成为大新闻吧……"

"怎么你好像不太积极啊?"

伊丹慎重的态度让重田有些不高兴,他本以为这是众人举双手欢呼的好事。

"我们的技术还在完善中,现在出展有点那个吧……"

"做实验时不是开得很好嘛。"重田不服气地反驳道。

"但有时候也会突然停下来,你不知道吗?"伊丹也带上了责难的语气。

"我当然知道。"重田回答,"可'日本农业'是在秋天举行,在此之前应该能解决吧?"

他带着毫无根据的自信,最终断言道:"总而言之,一定要出展,你没意见吧?"

"好吧,既然重田先生已经决定了。"

结束通话后伊丹握着手机又思考了一会儿,然后压低声音叫了一声"堀田",不动声色地把他招呼进了社长室。

"'达尔文'的问题解决了吗?"

"冰室先生正在检查,但好像还没解决。"

冰室坐在岛津以前的位置,为防止他听到,堀田也压低了声音。冰室很优秀,只是比常人要敏感,听到一点微不足道的消息就会想东想西。而且他脾气很差,一生气就要爆发。

"问题出在哪里?"

"现在还没找到原因。老实说,连是不是我们的变速器的问题都还没搞明白,事到如今又不能跑去问岛津姐。"

"达尔文"上搭载的变速器是岛津留下的成果。

"出什么问题了吗？"

堀田好像听到了刚才那通电话的只言片语，于是伊丹说了"日本农业"的事。堀田想了想，又瞥了一眼外面的冰室。

"要是能在那之前解决就好了。"

伊丹此时第一次后悔与岛津决裂。

"奥泽君，你那个务农机器人搞得怎么样了？"

宣布董事会结束后，藤间社长把奥泽叫住了。

奥泽疑惑不已。为什么要问我？务农机器人是宇宙航空部的项目，而他是制造部的人，照理说问进度不该来找他。

"务农机器人是宇宙航空部管辖的项目，我……"

"我听说现在你掌握着现场主导权啊。"

藤间打断了他，这让奥泽暗中警惕起来。接着藤间缓缓迈开步子靠近奥泽，并拿出了他最擅长的锐利目光。

"现场总指挥是的场先生，详细情况我也……"

"为什么脱离了最初计划啊？"

藤间再次打断他，并直接提出了问题，仿佛根本不打算听奥泽说话。

"最初的计划是……"

"这个项目最初不是计划以中小型拖拉机为主吗，为什么舍弃这条路线了？原本的意图不是以研发无人驾驶的中型拖拉机为主，以振兴日本农业吗？"

"是的，那个……"

奥泽一时语塞，当然，对方不是能轻易糊弄过去的人。

"那个……成本有点不合算。"

"成本不合算？"藤间瞪了他一眼,"那应该一开始就能预测到吧？"

"您说的没错。"

奥泽的目光出现了片刻的游移,但他很快就坚定地说出了推卸责任的话。

"只不过大路线是的场先生定的。项目负责人的指示,我们也只能遵从。"

"哦？"

藤间眯起眼睛,向奥泽射出钢针一样的视线。那双眼睛容不下一丝谎言和妥协,奥泽险些没忍住瑟瑟发抖。

"看来我是问错对象了啊。"

奥泽松了一口气,没想到藤间马上又问了一个出乎意料的问题。

"听说你们秋天要去冈山参加展会？"藤间接着说,"冈山县知事蜷川君跟我是大学同窗,他专门打电话联系了我,叫我也去参加。"

"您要去吗？"

如此一来可要尽快通知的场了。

"嗯,我打算去。你好好干吧。"藤间把手搭在奥泽肩上,压低了声音道,"别在我面前出丑。"

5

那封信混在其他邮件里,落在邮箱最底层。

她还以为是广告邮件,却发现信封上有个熟悉的标志。

那是幽灵传动的商标。

收信人和地址是手写的，那独特的笔迹看起来非常眼熟。她翻过来一看，信封背面果然写着那个名字——伊丹大。

回到房间后，她拆开了信封。

近来还好吗？公司一切都好。

你可能已经知道幽灵传动加入"达尔文项目"了。

下周，我们准备在冈山的展会上展示样机，届时你设计的变速器将大派用场。请一定要到场支持。

期待与你再会。

信封里还有一张"日本农业"的免费入场券，甚至没落下东京到冈山的新干线往返车票。

"伊丹君，都这时候了你还找我干什么啊。"岛津在空无一人的房间里喃喃自语道。

离开幽灵传动后，经朋友介绍，岛津获得了一份大学兼职讲师的工作。她一直想寻找一所愿意正式聘用她的大学，然而到处都没有空缺，暂时只能继续当个不稳定的兼职讲师。

谁要去啊。

岛津把东西塞回信封，往餐桌上一扔。不过最后还是按捺不住好奇心，从包里掏出手机，检索了一下这个活动。

很快她就找到了"日本农业"的官方网站，上面有一篇标题为《ICT 农业前端》的文章。

不过文章内容跟普通的介绍性报道有点不一样。

帝国重工 v.s. 达尔文

"喂……"

她忍不住咕哝出声,记起之前也有一篇文章以此点燃了大众的热情。

"要搞得这么露骨吗?"

她又一次喃喃自语。

然后她再次拿起伊丹的信,小声说道:"哦,那个变速器完成了呀。"

伊丹君找来代替我的人叫什么来着……

对了,叫冰室什么的。

等回过神来,岛津发现自己已经打开手机日历在确定日程了。

竟然有空。

岛津用大头针把装着票的信封按在了厨房的软木板上。

会议下午一点开始,包含休息时间在内持续了四小时。会议结束时,佃和山崎都感到筋疲力尽。

这场会议的名目是"下期大型火箭联络会",但会上真正向各部门和外包商传达的意思是大幅削减成本。

会议重点是开始研发新型发动机。

设计变更后,发动机零部件的数量会减少,同时功率会提高。会上公布的计划中包含将高达百亿的大型火箭发射费用压缩至五十亿日元这一大胆的成本削减方针。

"感觉星辰计划现在是气若游丝啊。"走出会场后,山崎叹了口气说道,"多亏藤间社长继续任职,整个项目才能继续下去。在这个意义上,我们反而要感谢'达尔文'。要是没有《波尔多周刊》的那篇文章,星辰计划恐怕就要因为的场先生出任社长而被整个撤掉了。"

"确实。"

佃应了一声，当场联系了财前。

他们事先已约好开完会见一面，佃正好也想知道务农机器人现在的情况。

"您能出来吗？要是接下来没有工作，我们一起喝一杯吧？"

最终约定去财前推荐的位于八重洲的一家安静的居酒屋。

一杯生啤下肚后，三人马上聊起了白天会议上提到的削减大型火箭发射成本的话题。

虽说离开了现场，但毕竟还在宇宙航空部，财前对情况依旧十分了解。

"现在竞争越来越激烈了。您在会上也听说了，成本高会直接导致发射的卫星数量减少。但事实不止如此。"

财前压低了声音，示意他们不要外传。

"藤间社长本期基本上能连任，但是下期就很难说了。所以这么做的主要意图是在卸任之前成功控制发射成本，创造出在世界市场占据优势的业绩。"

什么项目都要面临公司内外、各种复杂情况的影响，不管是大型火箭，还是这次的务农机器人。

"另外，务农机器人项目也有新动向。"

财前拿出了一张宣传单。

"要参加'日本农业'啊。这个也太……"

佃之所以惊讶，是因为看到了"帝国重工 v.s. 达尔文"这个夸张的标题。

"一开始还不是这样的。"

财前略显尴尬地讲述了决定出展的过程。

"我已经跟那边说不要搞这种有煽动意味的宣传，后来一问，竟然是经过我们这边负责人认可了的。我还没回过神来，他们已经往外发了不少宣传页了。"

"说是对决，但其实只是现场示范而已吧。"山崎说。

"没错，只是在一片宽阔的试验田边放几排座椅，为了吸引客人的注意。野木教授会在活动上进行演讲，佃先生，你要不要去看看？"

财前说着，把装有入场券的信封递给了佃。

"哪怕不是为了这个无人驾驶拖拉机项目，也可以看看其他的嘛。说不定有什么东西能给佃先生一些启发。"

不用说，佃当然要去。

帝国重工和"达尔文项目"，再也找不到别的机会亲眼看到这两大阵营的现场示范了。

6

"日本农业"的会场里挤满了人。有好几台接驳车在最近的车站和会场之间来回行驶，将来参展的客人拉到会场门前。佃、山崎和佃制作所的员工刚刚也是坐"沙丁鱼大巴"过来的。

"好热闹啊。"江原在秋日的艳阳下眯起眼睛，说道。

今天是个大晴天。

人多，出展的展台也异常多。最引人注目的是排列着许多新型拖拉机的山谷等大型农机厂商的展台，除此以外还有大大小小各种厂商参展，各自宣传产品和服务。

来自全国各地各个领域的与农业相关或爱好园艺、农耕的人在展台间穿梭，遇到有浓厚兴趣的便走近展台。

佃心里也有同样的感想，眼前的盛况让他不由自主地心生感慨。对农业相关人员来说，这可谓一年一度的盛会。

"应该在前面。"

津野一边看着导览图一边往前走，很快一行人就看到了帝国重工那格外醒目的招牌。

他们独占一般厂商四倍大的展台，配置了大量工作人员。展区正中央端坐着一台锃亮的橙红色拖拉机。

那就是务农机器人"阿尔法一号"样机。

"确实很大啊。"

山崎凑近看，发表了感想。

在活跃于日本田间的拖拉机当中，这应该属于最大型的那类。当然，使用这种拖拉机的只有大农场。

"社长，社长……您快看。"津野拍拍佃的肩膀。佃回头一看，发现了津野指的不远处的那个展区。

那是"达尔文"。

黄黑色招牌同样惹眼，在晴空下熠熠生辉。

"去看看吧。"

津野带头离开了帝国重工的展区，可这一路越走越挤。

"人气真高啊，走不过去了。"

展品前方挤满了人，根本挤不进去。

不过展区上方有块大屏幕，正在播放无人驾驶拖拉机运行时的影像，站在远处也能看见，外接音箱传出清晰的介绍语音。

"这就是伊丹社长说的决胜小组吗？"

山崎站在佃旁边说道，表情十分严肃。

"达尔文"的展台旁列出了项目协作企业的名称，排在顶端的是代达罗斯、幽灵传动和纪新这三家。

曾经被嘲笑"价格一流、技术二流"的代达罗斯如今乘上了时代的浪潮，比佃制作所领先不止一两步。幽灵传动也一样。另外，且不论纪新用了多么肮脏的手段，事实上该项目目前确实一路高歌。再过个几年，这三家公司恐怕能称霸日本务农机器人市场了。

"总觉得我们被摆了一道啊。"山崎低声咕哝着。

不光山崎，来展会的所有佃制作所员工肯定都在想：我们错失了好时机。

不过还有希望，那就是佃制作所看到这项技术的趋势后自己也在研发无人农机，只有需要有人采用才谈得上意义。

"社长，走吧，演讲马上要开始了。"

在唐木田的催促下，佃一行人默默地走向演讲举办的建筑。

演讲主题是"ICT开拓的日本智能农业"，主讲人是北海道农业大学的野木教授。

野木在满场观众的掌声中走上台，演讲内容切合展会主旨。

结合幻灯片和视频，先展示日本农业目前遇到的问题，再介绍各种可作为解决方案的尖端技术，并加以解说。

他还列举通过无人机对农药施药情况进行把握，以及通过专用传感器管理水田水位等各种案例。

观众们有的忙碌地做笔记，有的听得入神，当野木介绍到自己的专业——无人驾驶技术时，现场气氛达到了高潮。

无人农机带来的农业改革，无疑具有堪比产业革命的冲击力。

将依赖劳动力，对力量较弱的女性和老年人极不友好的农耕作业自动化，能够令效率实现飞跃，提高农户收入。

"这是我在大学试验田里进行的无人驾驶拖拉机实验时的录像。"

屏幕上出现了视频画面,在场听众齐齐鼓掌。

这项技术能够改变农业的未来——所有人都怀有这样的期待。当然,前方还有许多问题需要解决。首先要克服技术难题,然后要进行农户集中化,同时还需对道路交通法做出修改。不过这些问题在不远的将来都能得到解决,农业必定能迎来决定性的改变。这场演讲让人们对未来有了期待,并确信那个未来一定会到来。

演讲结束后,野木又被观众围住问了不少问题。大约过了三十分钟,佃才跟他说上话。

"讲得太好了。"

"演讲好说,问题在后面。"野木擦着汗说。

很快,本次展会最受关注的无人农机现场演示就要开始了。

这时又过来一个人。

是财前。

"啊,佃先生,您来了呀。"财前冲佃笑了笑,但很快便收敛笑容,看向野木,"差不多准备好了吗,我带您过去吧。"

然后他又转头说:"佃先生,您几位要是有时间也一起过去吧?在帝国重工的工棚里看,虽然没座位,但是看得清楚。"

佃向财前道了谢,跟野木一块儿从拥挤的会场走到了宽阔的演示场。

这里是把真正的水田围起来做成的演示用地。方块田一边是水路,另一边设置了可以容纳近千人的看台。规模让人瞠目,而更让佃惊讶的是,看台上已经坐满了人。

帝国重工的工棚在看台对面,旁边是来宾席。

"社长,您快看最前面。"

唐木田指着一个地方。佃看到了一个表情严肃的人,马上惊讶地转向财前。那是帝国重工的社长藤间。

"社长跟冈山县知事是大学同学。"财前说,"不过他会来,可能也是想亲眼看看这个项目的成果吧。毕竟最近发生了不少事情。"

专注发射大型火箭的星辰计划是象征藤间体制的项目,但除此之外,藤间在任期间进行的并购、豪华客船及喷气机制造这些项目全都遇到困难,导致帝国重工的财务情况恶化。

财前说藤间做了反省,认为在这些新项目上自己过度放权给下属了。

亲自批准的项目,还是要用自己的双眼来确认,必要的时候还要亲自上阵做指示——或许能称之为背水一战。正可谓乃公不肯出,将如苍生何。

"差不多了。"

财前看了一眼手表,随后望向展示场。那里出现了一台红色拖拉机。

是"达尔文"。

看起来有三十马力左右,算小型拖拉机,想必是看客们最为熟悉的机型。车身呈红色,不是常见的深红,更接近意大利跑车那种明亮的红色。

现场演示预定由"达尔文"开始,展示三十分钟,之后轮到帝国重工的"阿尔法一号"。

"各位久等了,无人农机演示马上开始。"

主持人的介绍引来了排山倒海的掌声,看台上甚至有人吹起口哨。说不定很多是"达尔文"的相关人员吧,用足球来比喻的话就是主场声援。

"达尔文"的车体轻轻一颤,发动机开始运作。

欢呼声平息下来，佃能清楚听到发动机声。

开动之前先鸣了两声喇叭，这应该是"达尔文"预设的表演。

接着"达尔文"沿宽度不足两米的农道缓缓前进，行进约三十米后左转，开入了农田。

随后机体暂停前进，放下接于后部的铁爪，开始旋转。然后拖拉机重新开动，开至水田另一头后掉头。

水田正中央插着主办方安排的稻草人。

"达尔文"来到稻草人前方，马上停下了，是传感器感应到了障碍物。无人农机研发要解决的一大问题就是安全性，为防止撞到人，需要传感器时刻掌握前方障碍物情况，并指令机体采取回避动作。

"达尔文"绕过稻草人，从反方向的出口驶上了农道。经过看台时，上方爆发出热烈的欢呼声，让人忍不住联想到获胜赛车绕场时的光景。

花费时间恰好三十分钟。中间虽然出现了发动机和变速器运作不稳定的情况，但那只是佃这类专家才能看出来的细微问题，大多数观众应该都觉得这是一场完美的演示。

帝国重工的工棚里透出几分慌乱。

相关工作人员一脸严肃地看着电脑，指示"阿尔法一号"到达"达尔文"刚才登场的地方。

"接下来登场的是最近刚加入农机领域的帝国重工研制的大型无人拖拉机'阿尔法一号'！请开始。"

展会工作人员介绍完，这边的技术员开始操作电脑。

发动机发出一声轰鸣，比"达尔文"多出不少魄力。

第一个难关是出发后进入农道。由于车身比"达尔文"更宽，"阿尔法一号"必须贴着农道边缘行驶，此时就要考验宣传中提到的误差不超过几厘米的精确度了。

"阿尔法一号"开始前行，进入农道。速度方面没有"达尔文"快，不过这也受实验场地的影响。

佃感受到站在工作人员身后注视着拖拉机的野木十分紧张，这让他也有些紧张，觉得短短三十米的农道特别漫长。

野木的表情突然放松下来，因为"阿尔法一号"成功驶入农田了。

"好，上吧！"不知是谁喊了一声，与此同时拖拉机的速度提了起来。由于机体庞大，看起来比"达尔文"更有气势。

看台上传来欢呼和感叹，"阿尔法一号"在众人的注视下完成了第一次掉头。

山崎在佃旁边，一脸欲言又止的表情。佃又看了一眼山崎旁边的轻部，轻部表情冷漠，嘴唇紧闭。

"阿尔法一号"在田间掉了两次头后，要迎来稻草人的挑战了。

是停下还是倒退？或者像"达尔文"那样绕过去？

可它并没有做这些动作。

"啊。"

佃轻呼一声，因为"阿尔法一号"撞倒了稻草人，并碾过去了。

看台上传来一阵惊呼。

贵宾席上，藤间社长身后的人慌忙起身，快步走向工棚。

"你们在干什么！"

厉声叱责的人正是的场俊一。

"传感器没有感应到，应该是沾上泥巴了。"

的场怎么可能听得进工作人员的解释，他此时已经气得脸上血色尽失。

这是致命的失误。

安全性存在问题，在众目睽睽之下犯了个会招致最坏评价的失误。

"阿尔法一号"还在运行，但此时所有人都明白，演示失败了。

拖拉机来到农田边缘，再次驶上农道。它经过贵宾席，径直路过帝国重工的工棚，留下空虚的发动机轰鸣。

帝国重工的工作人员、野木，以及站在旁边的佃一行，都只能哑口无言地目送它离去。

最后"阿尔法一号"在农道上右转，驶向看台方向。

自然不能期待它像"达尔文"那样获得欢呼。

稀稀拉拉的掌声传到工棚这边。

野木沮丧地转头看了一眼佃，然后摇了摇头。就在佃准备拍拍他的肩膀安慰他的时候，意料之外的事情发生了。

看台上炸了锅。佃转过头去，看到"阿尔法一号"车身严重倾斜——它在狭窄的农道上打滑了。

下一个瞬间，拖拉机落入了水沟。

尖叫、叹息和笑声混杂在一起，展会工作人员连忙赶过去，帝国重工的员工也慌忙跑出了工棚。

"非常抱歉，我们将在确认过帝国重工的'阿尔法一号'的状态后，重新向各位进行演示。"

广播中传来这样的说明，观众们已纷纷离开座位，剩下一些好事之人饶有兴致地看着狼狈的救援场景。

还有比这更糟糕的结果吗？

本来此次演示是要展示出"阿尔法一号"与"达尔文"的不

同，作为宣传素材，结果完全成了反面教材。

现在"达尔文"成了备受赞赏、众人垂涎的高科技机器，而帝国重工的无人驾驶拖拉机则是嘲笑与侮蔑的对象，甚至招来怜悯的目光。

这场演示决定了无人农机领域的胜负。

中小企业打败了大企业。

野木呆站在原地，脸色苍白。在他旁边的佃好奇地看了一眼贵宾席。

他看到了藤间。

藤间表情凶狠，紧咬下唇，闭着双眼，仿佛在拼命克制。

现在藤间心里是什么感受，佃无从得知。

但他可以想象，对方应该身陷无穷无尽的危机感之中。

7

"阿岛，你果然来了。"

看过那场令人意外的无人农机对决后，岛津从看台离开，但马上被叫住了。

久违的伊丹满面笑容，骄傲地看着岛津。

"怎么样，是不是很厉害？阿岛觉得我们的拖拉机怎么样？"伊丹得意地问。

"一般般吧。"

"不至于吧。"伊丹显得很无奈，明显很不满意岛津的回答，"你就这么讨厌我？"

"跟你没关系。是你问了，我照实回答而已。再见了。"

岛津转身要走。

"等等。"伊丹再次把她叫住,"我决定跟代达罗斯合作没错吧?这点阿岛你总该认同了吧?"

"为什么?只是碰巧顺利完成了演示而已嘛。"

岛津的目光很冷漠,伊丹也干脆地承认了。

"嗯,可能是吧。"他现在不打算跟岛津争辩,"对了,你要不要近距离看看我们的拖拉机?我在信上也说了,那上面装着阿岛你设计的变速器。"

"不用了,看完演示足够了。"

岛津再次迈开步子。

"阿岛。"伊丹马上叫了她一声,"你还想跟我一起干吗?"

岛津回过头,看到了伊丹迫切的眼神。

"那个谁来着,冰室先生,你不是说他很优秀嘛。"

岛津离职时跟冰室交接了工作。

我已经……不需要阿岛了——伊丹说过的这句话岛津至今记忆犹新。它就像终日点亮的霓虹灯,在岛津心里挥之不去。

因为有冰室了,比岛津更优秀、更有用的男人……

"那家伙也就一般般吧,我还是希望阿岛回来。"

听到伊丹的邀请,岛津却无言以对,只能看着他。

过了一会儿,岛津开口道:"原来你是这样的人啊……因为相信所以请过去的员工,这么轻易就能舍弃?伊丹君,你变了。"

"不。"伊丹为难地摇了摇头,"你应该还对我们的事业有兴趣,所以今天才会来,不是吗?"

"不是的,我想看,所以来了。你们的拖拉机不是能动吗?还有什么好说的。"

看伊丹好像还想找话,岛津继续道:"如果真有什么地方需要我,我会去的,不过绝不是回你那里。你此时这样邀请我,无非是因为出问题了。你根本不满意现在的变速器,对不对?不过我认为那是你应该自己解决的问题,而不是来指望我。"

伊丹瞪大了眼睛,岛津知道自己说中了。

"再见。"

岛津留下哑然的伊丹,转身走向嘈杂的人群。

8

"后来工作组调查发现传感器上附上了农田里的泥。本来不应该沾上那种东西的,这是不可抗力。"制造部部长奥泽尴尬地辩解道。

在"日本农业"主办方给帝国重工的会议室里,气氛十分紧张,仿佛随时都会炸开。

藤间独自坐在长桌主位上,奥泽站在旁边,满头大汗,已经用手帕擦了好几次额头了。野木陪站在旁边。佃和山崎在房间角落看着这一切。

"后来拖拉机滑下农道,不是我们的技术出了问题,而是野木教授那边的——"

"请等一等。"野木忍不住打断了他的话,"现在就断定是我的程序有问题未免为时过早了吧。也有可能是帝国重工的系统出问题了啊。"

"你说说,野木老师的程序能出什么问题?"藤间看着奥泽问道。

"这个……马上会开展详细调查。总而言之,我们是经过了反复实验的。"

"你能肯定详细调查后不会得出是我们的系统有问题这个结

论吗？"

"不，这个……"

奥泽苦着脸，咽下了后面的话。

藤间看到这样的态度，缓缓站起来，冲野木深深地低下了头。

"野木老师，我们太失礼了，实在是对不起，请您原谅。"

接着藤间又一次瞪着奥泽说："为了保护自己不惜说谎，你还算个技术人员吗？你让我如何信任这样的下属？的场君……"

他突然叫了一声，同时视线转向奥泽身后的的场。

"我想问问你，这个项目跟我当时批准的有点不一样吧？"

尖锐的问题让财前都感觉到了话语中的紧张。

"您的意思是……"

"你的项目计划书上写的应该是：无人农机将以在日本使用广泛的小型到中型农机为主。"

的场咬着嘴唇，低头听藤间继续说下去。

"可是'阿尔法一号'是一台大型拖拉机啊，不是吗？偏离了企划的主旨，你给我说说这到底是怎么回事？"

"这个尺寸的机型能最大限度发挥制造部既有的发动机制造经验。我们打算先制造大型拖拉机，然后慢慢缩小。"

"等到那时候，市场已经被竞争对手抢走了。"

藤间的一句话让整个会议室冻结了。

"的场君，你也要为了自保而说谎吗？现在就必须缩小体积！我记得项目计划书上写着，打算将发动机和变速器外包出去，是你改成自主制造的吧。这是为什么？"

财前露出吃惊的表情。最初的计划书确实是这样写的，可藤间是怎么知道的——他不禁疑惑不已。

"社长，发动机和变速器是拖拉机的核心，核心技术自有化不是我司默认的一贯方针吗？"

"那就马上去做小型发动机和变速器啊。为了让希望拯救日本农业的野木老师继续与我们合作，也为了胜过我们的竞争对手'达尔文'，要尽快做出来。奥泽，能做到吗？"

奥泽咬着嘴唇，过了一会儿才答道："那个……其实……我们没有制造小型发动机和变速器的经验，可能需要一点时间……"

"够了。"

藤间抬起右手，终止了奥泽的辩解。

"制造部从项目退出吧。这个项目交给你们就做不起来了。业界形势、竞争对手、市场需求，这些东西你们全都不屑一顾，只知道挑选简单的做。把自己当成宇宙中心的人是做不成事业的，这是我从以往的失败中学到的教训，我不会蠢到重蹈覆辙的。"

接着藤间的目光像箭一般射向的场。

"的场君，零部件可以外包出去，交给技术实力能跟'达尔文'抗衡的公司。现在最优先的是重获市场的信任。听好了，你要全力挽回我们在今天跌入谷底的信誉。"

的场无声地鞠了一躬，藤间坚定地看了他一眼，那眼神中仿佛带着决意。

9

在从冈山回东京的新干线列车上，佃喝着在冈山站买的罐装啤酒，心里想着事情。旁边的山崎也陷入沉思，途中突然问道："社长，您有什么感想？"

"能有什么感想啊,帝国重工这回真是丢人啊。"

"我想问您的是'达尔文'。您觉得怎么样?"

"哦,那个啊……"

其实佃一直在想这个。

他闭上眼睛,脑海中浮现出那台小型拖拉机的红色车身。发动机的声音、车体的动作,以及这些与发动机和变速器的关系,都在他的脑子里重播了一遍。

"一般般吧。没有突然停顿或偏离轨道,也算合格了。"

"我觉得吧,那台拖拉机虽然是自动挡,可是切换挡位的时候总是有点延迟,所以经常出现蛇行动作。"

"我也觉得。"佃说。

"应该直线往前走,在农田角落左转,但是在这儿……"山崎用两只手演示,"拐弯之前拖拉机犹豫了一会儿。可能是机体上的信息处理系统通信不太顺畅吧。"

"有可能啊。或者是程序本身有问题。"

不仅如此。启动和加速时车身的动作,对后部作业机的控制,等等,这些就算外行人看不出来,但佃他们是能看出各种问题的。

"'达尔文'离完美还有很长的路要走。"

"不过比帝国重工的强多了。"

山崎评论起帝国重工的"阿尔法一号",用词虽然辛辣,但句句属实。

"大公司不好搞啊。"说完山崎叹息道,"在普世价值观之前,还要考虑对公司来说正确与否,这个双重标准太难应付了。"

"而这正是万恶之源。"

佃又开了一罐啤酒。

"普世的价值观和正义,他们出于一己私利,把这些都放到一边并忘却了。这到底是为什么呢?"

山崎想了想,最终摇摇头放弃了。

佃闭着眼睛,脑海中又浮现出野木呆立在那里的模样,还有藤间紧闭双目的侧脸。那位超凡的经营者只需看一眼,就准确判断出那一个场景的意义。

第二天早晨,佃接到了财前语气格外肃穆的电话。

"我有件急事想与您商量,现在可以过去吗?"

10

上午十点多,财前驾驶着公用车,来到佃制作所。

"昨天在'日本农业'真是向各位献丑了。"

佃与山崎共同把他迎进社长室,财前一开口先道了歉。

"听完藤间社长的训斥后,我找社长办公室的人打听了,原来我写的那份原始的新项目计划书被秘密送到了藤间手上。"

"财前先生对此不知情?"

还会有这种事?大企业的内部情况真是让人搞不明白。

"是谁送的?"山崎问了一句,财前没有马上回答,过了一会儿他才报出顶头上司的名字。

"是水原本部长。"

佃回想起水原那略显傲慢的面孔。

"水原先生为什么这样做?"他提出了疑问。

"的场看完我的企划书后就说要把它变成他自己的企划。水原可能是想让藤间知道,这个计划根本不是他想出来的。"

"算是水原先生报了一箭之仇吗？"

"您别看水原那样子，他也是个不简单的军师。这回他的策略帮了我不少忙。"

财前说完，直起身子正色道："佃先生，我想再次向您提出请求，您能为我们提供发动机和变速器吗？此前我们把您给拒了，现在又来提实在是有点厚脸皮，您一定很生气吧。不过现在能够解决困境的只有贵公司了，请您答应……"

这对佃来说无疑是令人高兴的请求，只是这也就意味着佃制作所将加入帝国重工与"达尔文"的竞争。

山崎带着疑问看着佃，那双眼睛里透出了犹豫。

确实，在野木教授的协助下，佃制作所研发制造出了发动机和变速器，并且发展到了试验阶段。

可是且不论发动机，在变速器方面他们还没有过量产实绩。

仅凭佃制作所，能否敌得过代达罗斯的低成本以及幽灵传动的优质变速器呢？

此时这个项目已经跟财前当初找他们的时候不一样了，舆论和大众的态度，还有关注度都已不可同日而语。也正因如此，绝不能失败。

"您的想法我明白了。"

佃说完抿着嘴看向窗外，明媚的秋日阳光透过玻璃倾洒进来，天空显得无比澄澈高远。

"能给我一点时间再作答复吗？"

"请您积极考虑，拜托您了。"

财前郑重其事地低头致意，然后离开了。

"社长，您准备答应吗？"等财前的车子从公司门前的坡道消失不见，山崎问道。

"我认为发动机没问题,可是以我们现在的水准,变速器就……"

"我知道您想说什么。"

轻部率领的变速器研发小组固然努力,值得敬佩,可是有些问题并不是只要努力就能解决的。虽然他们的样机在野木的实验田里完成了试运行,但距离可适应各种条件且能高强度使用还有很长的一段距离。

佃认为,仅靠努力和运气,很难缩短这段距离。他们还需要经验。但凭借佃制作所现在的实力,要赶上竞争对手,恐怕还需要好几年时间。可是那样会来不及。

"让我想想,然后再说。"

临近傍晚时,佃临时起意,离开了公司。

11

岛津裕居住的公寓在自由之丘附近,最近的车站是大冈山站,出站后只需走五分钟就能看到。是一栋低楼层建筑,她住在三楼。

"突然来打扰,真是不好意思。"

"没什么,请进吧,就是没啥可招待的。"

岛津带着依旧爽朗的笑容把佃请进了屋,让他在客厅的沙发上落座。因为跟佃制作所的年轻技术员相处得挺好,岛津不时会过去露个脸,因此两人的关系比以前熟稔了很多。

"家里太乱,让你见笑了,我就是不擅长收拾。"

"我觉得这也是岛姐的风格。"

虽然是单身女性的家,却感觉不到什么女性气息。佃觉得之所以会有这种气氛,是因为地上和椅子上堆满了外文专业书籍,还能看到隔壁房间的书桌上也放满了资料。

即使离开了技术现场,岛津脑中还是装满了最新的技术和理想中的变速器蓝图。

"大学讲师的工作怎么样?"

"还行吧。"

岛津笑了笑,可是佃看到了她对现状的不满足。以岛津的才能,将来一定能在大学获得相应的地位,只是暂时没出现机会。

果然还是现场开心啊——之前造访佃制作所时岛津曾说过这么一句话,佃一直记在心里。

这句话给他留下了很深的印象。他觉得这句话体现了岛津这个人对人生的态度。

"岛姐,到我们这儿来吧。"佃直接提出了前来拜访的意图,"我今天来就是想再次向你发出邀请,我们需要岛姐,我希望你能带领变速器研发小组。"

佃深知自己不擅长迂回的说法,也想不到格外诱人的说辞,便选择单刀直入。

"你考虑考虑,好吗?"

"这个嘛……"

岛津露出为难的表情,仿佛在想该如何回绝。

这也难怪,佃突然很没自信地想,岛津有那样的能力,肯定看不上佃制作所这种中小企业,而是希望得到一个更大的舞台。

佃不禁感到专门前来提出请求实在太没有自知之明,因此羞愧难当。而这时,岛津问了一句。

"请问现在你们那边的变速器怎么样了?上次我去的时候看了一眼,觉得很不错啊。"

"越来越好了,今天帝国重工还来找我们,希望我们加入新项目。"

一听涉及无人驾驶农机,岛津表情更加认真了。

"那就是要跟伊丹君他们的'达尔文'……"

"没错,要跟他们对抗。"

佃有点犹豫,不知该如何说明帝国重工在"日本农业"上的惨败。不过就算他不说,岛津应该也知道了,昨天那一幕在各种综艺节目和新闻上反复播放了无数遍。"达尔文"的英姿,对比翻下农道、堵住通路的帝国重工拖拉机。乡镇联盟的胜利获得了大众的喝彩,帝国重工的信誉和名声则坠入深渊。

此时去协助帝国重工的无人驾驶农机,佃想象不出岛津对此会做出什么判断。

她会认定没有胜算,从而一口回绝?还是觉得这件事值得讨论?

"啊,我去了那个展会。"

岛津意外地说起了"日本农业"的事情。

"展会上有帝国重工和'达尔文'的现场演示……"

"翻进沟里了,对吧?"岛津的语气中似乎还带有一丝兴奋,"正好就在我面前。"

"岛姐你怎么在那儿?"佃惊讶地问。

"伊丹君给我寄了入场券,还有新干线的车票。他说'达尔文'的变速器也有我的一份功劳,希望我去看看。"

"伊丹先生他……"

这是佃没有预料到的,因此一时语塞。

他还以为岛津已经与幽灵传动彻底断交了,可事实并非如此。

"莫非幽灵传动也向你发出了邀请？"

岛津没有回答这个问题，佃认为这意味着他说中了，顿时消沉下来。

幽灵传动的变速器和佃制作所的变速器相比，简直是云泥之别。

"你准备答应他们吗？"佃苦涩地问。

"怎么可能。"岛津却给出了令他意外的回答，"我可不打算回幽灵传动。我只想做让人们高兴的变速器，对帮助幽灵传动报复帝国重工的的场先生没有兴趣。"

"既然如此……"佃重振精神道，"我想请您过来带领我们的变速器研发小组。这不是我一个人的想法，山崎、轻部、立花和亚纪他们都在等岛姐。拜托了，到我们这儿来吧。"

佃说完起身深深鞠了一躬。

"谢谢你。"

但当佃抬起头，看到岛津露出为难的笑容。

"你们的心意让我很高兴，我也希望跟大家一起工作，希望回到现场。"

佃的表情明亮了起来。

"那就来吧！"他再次邀请道。

"可是……能给我一点时间吗？"岛津说，"只要两三天就好，让我整理整理心情。我一定会联系你的。"

"好的，我们等你……啊还有，亚纪让我一定要带这个来。"

看到佃手上的生巧克力盒，岛津有点害羞，音量也高了一些。

"哇，果然还是亚纪最懂我。请你帮我谢谢她。"

能做的都做了。不知道岛津会如何决定，总之，佃现在能做的只有等待。

岛津把佃送了出去，回到客厅后长叹了一口气。

她又泡了一杯咖啡，走进工作间，打开电脑选了一首曲子。《舍赫拉查德》第一乐章那沉重的旋律倾泻而出，岛津拿起书桌上的一个信封。

信封里装着上回她去参加第二次面试的大学发来的最终面试通知。

"时机真不巧呢。"

岛津叹息着，把通知书放回信封，靠在桌边闭上眼睛，沉浸在波澜壮阔的交响组曲中。

12

会议室里充满兴奋、躁动，以及等量的冷静和不安。

营业部和技术研发部的全体成员在倾听佃对帝国重工此番邀请的介绍。

"主题就是农业。"佃说，"可能外界会有很多人去关注该项目与'达尔文'之间谁赢谁输，但做这个项目的目的不是胜过他们。日本农业正面临农户老龄化，弃耕者逐年增多的现状。一直这样下去，危机会越发无法挽救。而务农机器人应该能给许多农业从业者带来勇气和力量。为了开拓农业的未来，我们要全力以赴，参与到这个项目中去。"

制造业需要的不只是技术和效率，最重要的是拥有意义。

为了什么而做。如果对主旨没有共鸣和热情，就做不出任何东西。

制造必然伴随着对社会的贡献。

虽说佃和手下这些人进行的制造还逃不开生意的性质,既然是生意,就必须满足客户的需求,而需求就意味着难题。但假设恰好,做生意的同时还能满足自身的喜好,制造自己喜欢的东西呢?

"之前帝国重工抛弃了我们,但现在证明他们重新认识到了我们的价值。"

营业部的江原兴奋得红光满面,说道:"这个项目将来一定能成为咱们的收益主要来源。"

"不谈收益,我认为这个项目本身就很有意义。"亚纪说,"我们生产的发动机和变速器能给农户帮上大忙,这不是很棒吗!"

"顺便还能跟幽灵传动决一胜负。"轻部咬牙切齿地说。

"但也有可能输啊。你敢说我们的变速器肯定比幽灵传动的好吗?"

冷静的唐木田这一句话就让轻部绷紧了脸,努力反驳道:"上次在'日本农业',我看了'达尔文'的现场演示,其实也不怎么样。我们在北海道农业大学的试验田那次不也成功了吗?应该有希望吧。"

营业部的年轻职员村木说:"可是,我们的变速器还没有真正走入过市场,老实说,我有点不放心。"

性格死板的立花也表达了类似的观点。"不管怎么说,幽灵传动的变速器曾被爱知汽车看上,在经验方面,我们确实有所欠缺。"他这话也并非杞人忧天。

"反过来说,财前先生还真放心把变速器一起交给我们啊。"津野说道,"我觉得他完全可以把变速器订单发给其他公司,为了不辜负财前先生的期待，我们也得加把劲啊。"

"要是缺乏自信，也可以只接受发动机订单，把变速器订单还回去。"唐木田说，"他们好不容易决定不用自己的制造部，结果在我们这边也做不成，那就要给项目拖后腿了。不仅如此，我们的信誉也会受损，阿轻，你有肩负这个风险的心理准备吗？"

平时吊儿郎当的轻部瞬间严肃起来，他烦躁地咂了一声，没有回应。

唐木田继续道："我明白财前部长这么做是相信我们的技术实力，可尽管如此，我们也不能轻易答应。如果要拒绝，就得趁现在。"

这番话很有道理，让人无法反驳。

"我们确实没有变速器方面的生产经验，这是事实。"佃承认道，"所以我打算请一位实力不逊于幽灵传动那边的变速器专家来加入我们。"

"外援吗？"唐木田若有所思地说，"您要请哪个变速器厂的退休职员来当顾问？"

"不，不是顾问，而是成为我们的正式员工。"

"有这么凑巧合适的人吗？"此时出言质疑的，是中坚工程师上岛友之，"'达尔文'的变速器是以岛津女士的设计为基础的，她可是个天才，谁能比得过她？"

"关于这点，我也有同感。"

佃的回答引来几声叹息，失望情绪在室内蔓延。

"而能够超越岛津裕的，只有岛津裕。"佃说，"既然如此，不就只能去找岛津裕了吗？"

一阵沉默。不知从哪儿传来小声的嘀咕："话是这么说……"

立花与亚纪则以期待的眼神注视着佃。

轻部也抬起头来，松开抱在一起的手臂，一脸愕然。

"真的吗？开玩笑的吧？"

他们的情绪仿如愉快的电波，马上传遍了整个会议室。

难道……佃在所有人的注视下冲会议室外喊了一声："久等了，请进吧。"

大门打开，一个人走入会议室。片刻的安静之后，现场爆发出巨大的欢呼声和掌声。

走进来的人正是岛津裕。

然而现场最吃惊的或许是她本人。岛津瞪大了眼睛，愣在原地，佃向她伸出右手。

"欢迎加入佃制作所。"

第五章 福祸的螺旋

1

天空被乱云遮蔽，挡住了太阳，夺走了阳光。刚过下午两点，农场就已经笼罩在一片昏暗中。

带着湿气的风显得很沉，如同潮热的吐息拂过殿村颈边，撩动着即将收割的麦穗。

殿村从拖拉机上下来站在农道上，抬手按着草帽以免被风吹走，仰头看向天空。

拖拉机上的便携式收音机正在播放他喜欢的落语，但声音被风声盖过去，听不见了。刚刚的天气预报说，在日本中部以西造成大雨的低气压正逐渐向关东地区转移。

殿村一脸凝重地看着天空，突然，一滴雨水落在了他的脸上。

这仿佛是个信号。

又一阵大风过后，传来了雨点砸在旁边铁皮屋屋顶的激烈响声。

殿村跳上拖拉机，点火发动。

驾驶席顶上有一小块铁皮，但横风斜雨依旧打湿了殿村的肩膀，长靴里也马上灌进了冰冷的雨。

这场雨来势凶猛，一百米开外的自家屋顶马上就看不清了。

把拖拉机开回自家仓库时，殿村已浑身湿透。他看见父亲正弘从屋里小跑出来。父亲没打伞，看了一会儿天空后转向殿村，表情也很凝重。

"放船吧。"父亲这样说。

"真的吗？"

殿村半信半疑，正弘已经拿出梯子，爬上去解开了吊在天花板上的"吊船"。

这一带属于鬼怒川流域，有史以来便苦于水患灾害。这条河正如其名，泛滥起来宛如愤怒的恶鬼，能瞬间淹没老百姓付出血汗耕耘的田地，甚至冲走房屋，将泥沙灌进水田。

因此，历史悠久的农户都会将仓库修建在不易被水淹没的高地，同时请船工造艘船，吊在仓库的屋顶上以备不时之需。

这是以种植稻米为生的农户在与自然的不断斗争中掌握的生存之道。

殿村父子小心翼翼把船放到了地上，父亲正弘把船拴在柱子上，然后将随身带来的防灾道具放了进去。

做完这些后，父亲又来到仓库的屋檐下，听着绵密的雨声，再一次看向漆黑的天空。

殿村看了一眼那条小船，问父亲："你说以前用过这艘船，对吧？"

"我小时候用过一次——水很可怕。"

七十年前的那场水灾，让父亲现在回忆起来依旧眉头紧蹙，表情凝重。

"那年死了好多人，我的一个好朋友也死了。大水冲走了大家的房子，那声音特别可怕。就那么一下子，整栋房子都没了。"

"咱们家好像也被水冲了，是吧？"

这个故事殿村小时候听过好多次。

"是啊，旱田水田都被冲了，那年简直是灾厄之年。要是当时泛滥的水流变个方向，这座房子也得玩儿完。"

父亲不顾大雨走了出去，任凭雨水打在脸上，狠狠地瞪着天空。

"要是好久没有大灾你就心怀侥幸,那可就大错特错了。直弘,你记着,无论什么时候都要做好准备。哪怕只是这么一条小船,也可能救我们一家人的命。"

"嗯,我知道。"

父亲异样的警惕感让殿村感到战栗。

农业不过是人类利用自然之理开展的小小营生。大自然在赐予人类农作物这一恩惠的同时,也不忘毫不留情地露出残暴的一面。在大自然的力量面前,人类是那么渺小。为了生存下去,人类也需要认识到自身的渺小。

"那年的天很像现在这样。"

天空非常狂躁。大风一阵紧似一阵。雨势时大时小,但没有停下来的意思。

明天可能下不了地了。

父亲回到仓库,环视一周后拉出比较昂贵的机器,搬到屋后的库房去了。

殿村在一旁帮忙,把能转移的东西都转移了。拖拉机、播种机都运去了屋后,堆在里面的沙包被搬出来码在门口,纸箱、农药和各种器材都放到了架子上。如果只是渗水,这样应该能把损失控制在最低限度。但要是真遇到能把房子冲垮的洪流,这点措施根本防不住。

然后,就只能听天由命了。

2

一直埋头工作的立花突然看向窗外,那在意识边缘挥之不去的声音化作现实出现在眼前。

"好大的雨啊。"

亚纪也走到了窗前。

"马路都成小河了。"

轻部闻言,也站起来向外看去,感叹道:"这雨可真大。"

外面雨点密密麻麻,在附近住宅区的屋顶上激起一片水雾,马路上的水都成小河了。

雨已经连下两天了,有不少地方出现洪涝灾害。

"云移动得很慢呢。"亚纪惴惴不安地看着天空,"电车不会停吧,停了怎么回家啊。"

此时唯独岛津还坐在自己的座位上,目不转睛地看着电脑,仿佛根本没听到周围同事的对话。这样的集中力让人艳羡不已。

午饭时分岛津才突然站起来,走到站前的超市买了便当和点心回来,然后坐在办公室里一边想事情一边吃。

岛津现在是佃制作所的正式员工,被任命为变速器研发小组组长,享受着高管待遇。

没有人反对这样的安排,她的成绩和才能得到了所有人的认可。

对岛津来说,来佃制作所,最高兴的是能置身制造一线。

以前在幽灵传动她也只负责产品设计,制造部分都外包出去了。只需将设计资料交给在竞标中获胜的企业,让他们制作所需的零部件就行了。连组装都是外包的。

这无疑是非常适合人数不多的小型变速器厂商的优秀经营模式。

然而,如果问岛津是否满意,答案是否定的。

她的理想是能参与制造,把控细节。

现在，岛津终于实现了这一理想。

岛津突然开口道："小轻，你觉得这个设计能变一下吗？"

轻部闻言凑过来，立花和亚纪也过来了。大家看着图纸，热烈讨论着。

岛津刚来一个多月，指出的问题和需要改善的地方已多达一百多处。其中有细节问题，也有关乎结构的大问题，帮助佃制作所的变速器在性能和稳定性方面实现了大幅提升。而且目前看起来还有很大的发展空间。

"听说'达尔文'那边又有行动了。"

不惧大雨出去跑了一天的江原出现在了办公室，裤腿直淌水。

"干什么，又要上电视吗？"轻部问道。

"达尔文"项目自公开以来，不断被电视节目和报纸杂志报道。在营销方面，他们相比帝国重工有压倒性的优势。

"他们在面向全日本农户募集试用者。试用机共有三十台，说是计划近期开始生产，明年展开试用。"

"我们得抓紧时间了。要是连发售时间都落后，那可糟糕了。"立花有点焦虑。

"如果只是试用的话，我们也行啊。"另一位团队成员上岛说。

"咱们还早呢。"

一直背着身听他们聊天的岛津把椅子转了过来。

"可是这样下去……"上岛想要反驳。

"你想把还没经过充分检验的拖拉机拿去给农户使用吗？"

暗藏锋芒的话语让上岛闭上了嘴，岛津工作时不是平日那般平易近人的样子，而是露出了技术员绝不妥协的一面。

"现在的变速器有个致命的缺陷，就是运行总时长不够。真正的作业现场与北海道农业大学的试验田不一样，我们应该找一块真正的农田进行试运行，这样才能找出需要改善的地方。这之后才是考虑试用问题的时候。要是把这种半吊子东西推出去，那就完蛋了。"岛津不容置疑地说。

"嗯，岛姐说的有道理，现在操之过急，有百弊而无一利。"轻部赞同道。

这时，佃来到了技术研发部。

"大伙儿，刚才气象局发大雨洪水警报了，今天别加班了，趁地铁还在运行，赶紧回家吧。"

现在是下午五点多，听了佃的话，技术员们纷纷发出叹息，还有几个人一脸怨恨地看向窗外。

天空阴云密布，街上的路灯已经亮起，反射着灯光的雨点宛如长长的银丝，雨似乎比刚才更密了。

3

第二天早晨，佃像往常一样下楼来到餐厅，却发现母亲和利菜正一脸担忧地看着电视。

"你快看，这可太糟糕了，殿村先生没问题吧？"

"主公怎么了？"

"电视上说鬼怒川发大水了，这是栃木县现在的样子。"

电视上映出黄褐色的汹涌洪流，水坝决堤，涌出的大水将路边的树木和房屋一并拔起，冲毁了大片水田。

"这也太惨了。"

佃马上给殿村打了电话，但没打通。

飞快地吃完早饭赶到公司，佃发现很多员工也聚在电视前看新闻。

"社长，我查了一下，这里好像就是主公家附近啊。您联系上他了吗？我们这边打了固话和手机都不通。"津野边说边忧心忡忡地轮番看着电视机和佃。

电视上的画面好像是从直升机上拍摄的，被大水冲走的房子和树木中间还卡有侧翻的汽车。原本水田遍布的田园风景已不复存在。

"主公他没事吧……"江原也担心地说，"需不需要救援物资啊。"

"现在我们也去不了，就算去了，也只会妨碍救援工作。"唐木田冷静地说。

佃点了点头，咬牙切齿地问："雨什么时候停啊？"

"刚才电视上说，可能今天上午还不会停。"

佃闻言陷入了沉思。

你可别出事啊，主公。

他在心中祈祷着，目光无法离开电视上的画面。

4

晚上九点多，鬼怒川水位溢过了警戒线。殿村一家居住的地区收到了避难指示，他与上了年纪的父母听从指令，移动到了一所地势较高的小学的体育馆内，这里是指定避难所。

对于身后的房子和农田，殿村已无计可施，眼下他只能关注双亲的身体情况，陪在他们身边。

希望能平安度过……

然而午夜刚过没多久，殿村的希望就破灭了。

地方消防队发来通知：鬼怒川决堤了。

"喂，你到哪儿去？"父亲正弘吼道，可能是醒来后察觉到殿村的情绪不对，便叫了一声。

"别去，待在这儿，千万别去。"

"我只是出去看看雨势。"

殿村撑起门口的塑料伞，走出体育馆，瞬间就听到宛如地动的轰鸣声。

他从未听过如此震撼的自然之声，不禁感到毛骨悚然。

殿村在倾盆大雨中走到能俯瞰下方农田的一处地方。

冷雨打在身上，雨伞毫无用处，衣服很快就湿透了。

殿村看到了一片仿佛能将灵魂也吸进去的黑暗。

眼前没有星星点点的灯火，那仿如巨大妖兽在谷底咆哮奔走的响动一直传到脚下。

殿村意识到那是吞没了房屋的洪流发出的声响，心中涌起一阵恐惧。

同时他还意识到，在那片黑暗中被完全破坏的东西是多么崇高、多么难以替代。

多年的悉心呵护，就在一瞬间被无情地蹂躏、掠夺。

无能为力。

天亮之后眼前将是一片怎样的光景呢？

这一年来精心栽培的稻子又会变成怎样的惨状呢？

殿村站在雨中，再也忍不住了，呜咽出声。

"直弘——"

背后的一个声音让殿村回过头。

是父亲，他也站在雨中，俯视着脚下的黑暗。

父子二人的视线集中于殿村家勤勤恳恳耕作了三百年的那片土地上。

"没办法啊。"父亲仿佛自言自语一般说,"没办法啊。既然是靠天吃饭,就难免会有这种事。这就是生活啊。"

或许道理确实如此。

可道理又能安慰谁呢?

将悲剧归结为命运,这固然简单。但克服命运不正是人类该做的事吗?

"浑蛋!"

殿村的怒吼很快就被黑暗吞噬,被洪流之声掩盖。

第二天早晨,殿村眼中只看得到水。

大雨还在下,不时有人从避难的体育馆走到校园,被眼前的光景惊得哑口无言。有的泪流满面,有的呆站在雨中。

直到下午雨势才终于变小,又等了一会儿,前方发来通知说部分道路可以使用,人们才陆续离开避难所。

殿村一家开着车往家赶,无奈最后一段路还是要下车步行。

走了二十多分钟,能看见老宅的房顶了,殿村暂时放下心来。然而没过多久,随着越走越近,马路两边的凄惨光景又让他心生绝望,不知不觉已泪流满面。

目光所及之处,农田全部被水淹没,稻穗都泡在了水里。

田里还横七竖八地躺着许多被大水冲来的树木,稻子被压倒,折断的部分支棱在水面之上。

殿村双腿一软,蹲在原地。

他感觉失去了站起来的力气,只能蹲在被水泡着的路上放声大哭。

5

一天后，佃终于接到了殿村打来的电话。

昨天在几名员工的提议下，他们为殿村家那边准备了五箱水和一些食物。新闻上说洪水已造成很多农户无家可归，他们想着就算殿村家用不上，多少也能帮一下那边的灾民。

"社长，您要去看看吗？"山崎问道。

"听说地都被淹了，我想去看看。"

"那我也去。"

"不行，阿山你必须留在这里打理公司事务。"

最终佃叫上了营业部的几名年轻员工一道去了。

他们开着公司的小货车，临近正午时分才驶上东北线。

在离殿村家几公里处有交通管制，佃一行人决定就近找地方把车停下，然后背着救援物资步行过去。

越往前走，能看到情况越惨烈，远比电视上播放的画面要震撼得多。

地里有大水冲来的各种东西，甚至能看到汽车和窗框。

他们走了将近一个小时，终于来到了殿村家。年代久远的土墙有一部分变了色，大概到佃膝盖那里。那是被水泡过的痕迹。

此时雨已经停了，总算能从厚厚的云层缝隙看到蓝天。

佃带头走进院子，发现满地淤泥，不远处的仓库门开着，有个人正挥动铁锹忙碌。

"主公！"

那人身子顿了一下，缓缓放下铁锹，看向这边，目光有些空虚。

"啊社长，还有大家……你们跑来干什么？"

"嗯。"佃大声说着跑了过去,"主公你没事吧,没受伤什么的吧?"

"我没事。"殿村摊开两手表示自己毫发无损,不过他身上的工作服上满是泥污,"各位想必也看到了,情况很惨。"

"你父母呢?"

"家里还没通电,所以他们都在避难所。那边更安全。"

殿村满脸疲惫,应该是没怎么睡觉。

"主公,我来帮你吧,你去休息休息。"

江原说完,从殿村手上抢过铁锹,剩下几个年轻人也各自找到工具,开始清理涌进仓库和玄关的淤泥。

"我们拿了些水和食物来,要是还需要什么,你尽管说。"

"谢谢您,社长。真的……太谢谢了。"

殿村抬起头来,眼中含泪,佃在旁边一言不发地看着他。

6

"社长,请您支持一下。"

会计迫田敲了敲门走进来,拿着一个盒子凑到佃身边。

"这是啥?"

"在江原先生的提议下,我们决定给主公募捐。"

"啊,你们有心了。"佃从钱包里拿出一万日元放了进去,"交给你们了。"

目送迫田抱着盒子走出去后,佃自言自语道:"这可怎么办呢?"

他在思索殿村家的情况。

如果说这是靠天吃饭的农户所必须背负的宿命,倒也没错。

既然选择了这种谋生方式，就没什么办法——确实可以这么说。

可是，佃依旧想给陷入窘境的殿村提供一些帮助，想把他从失意的深渊拉回来。

田里的稻子基本全毁了——两天前的那通电话里佃听到了这一消息。他马上决定送慰问金，并略显犹豫地提出了一个建议。

主公，不如你回来吧？

但佃深深明白电话另一端的沉默意味着什么。

从经济上考虑，殿村应该想回来，只是……

"社长，我已经辞职了，不能因为这边干得不顺利就跑回去。当初决定要种地的人是我。"

殿村顽固地拒绝了佃的邀请。

且不论经济方面，现在殿村的精神肯定也受到了重创。

一整年的努力，一夜之间化为乌有。

目睹被洪水摧毁的田地，当下的冲击是佃难以想象的。

能怎么帮他呢？佃独自思考着。朋友遭遇了危机，他却帮不上忙，这实在太令人焦躁了。

"我们买了共济保险，就是为了防备这种情况才买的。不够的部分就贷款好了。所有人都是这么过来的，怎么可能就我不行呢！"

每次打电话过去殿村的回应都非常固执，这反倒让佃心痛不已。

几天后，山崎来找他。

"社长，我有件事想跟您商量。"

佃抬头一看，发现他表情严肃，旁边还跟着岛津。

"其实这件事跟主公有关……"

7

"五百万啊。"

坐在柜台另一端的吉井哗啦啦地翻着殿村递过来的文件，跷起了二郎腿。

"麻烦您了。这次的水灾把我家的稻子全毁了，我们需要这笔钱运转，不然来年的稻秧和肥料钱都凑不齐。"

"殿村先生，您想得可真好啊。"吉井看着殿村，眼神充满恶意，"平时随心所欲，有困难就来要钱？"

"我们家应该满足贷款条件，麻烦您了。"

"你以为满足条件就能拿到钱吗？殿村先生啊，你曾经也是一名银行职员，这种事应该很清楚才对呀？要不要借钱给你，由我们来决定。"

"可是……如果您拒绝给我贷款，我们家来年就无法耕种了。麻烦您考虑考虑……"

"既然如此，你的态度是不是该改改了？"吉井的语气突然暴躁起来，"竟然自己搞品牌，我不是说了那样做会给别人添麻烦吗？我答应给你们贷款，你们能撤掉自己的品牌吗？如果你们愿意撤，我就考虑考虑。"

他边说边用指头咚咚敲着殿村提交的资料。

殿村咬紧了牙关，尝试反驳："以贷款为条件要求我们撤销品牌，这样做不对吧……而且这还是在受灾的紧要关头。"

"就算是救灾资金也不可能没通过审核就给钱啊，殿村先生，这点道理你还是明白的吧？"吉井狡猾地笑了，"你要是早点加入稻本先生的农业法人就没事了，谁要你当初拒绝的……"

"加不加入跟灾害没关系吧？"

"如果是农业法人的一员，审查就很好通过。怎么样，撤掉你家那什么'殿村家的米'吧！"

"殿村家的米"是殿村的父亲正弘开创的品牌，多少年来秉持信念发展，拥有遍布全国的许多主顾。许多等着他们家的米的客户听说了水灾的消息，特意送来了援助金和救援物资。殿村知道，自己不能轻易放弃这个品牌。

"请让我想一想。"

殿村拿回了申请贷款的资料，站起身准备离开。

吉井两手一摊，摆了个特别做作的姿势。

离开挂着贷款牌子的窗口，殿村快步走出了农林协大楼。既然农林协不行，就去别的金融机构问问。虽然以前从未有过来往，但有可能会有机构体察眼下的特殊情况，答应贷款。

他一脸凝重地笔直向前走着。

"哟，这不是殿村嘛。"

转过头，发现稻本正笑容满面地看着自己。

"这次真是遭罪啊。"稻本仿佛在说别人的事情，"你家全灭了？"

"嗯，你家那边呢？"

"我家没事。"

"那太好了。"

殿村草草应付道，稻本却继续道："加入法人的农户都没什么大损失。"

殿村闻言，把资料换了个手拿。稻本眼尖地看见了。

"你来借钱？"

"嗯，没错。"

"借你了吗？"

"没，说很难。"

稻本高兴地笑了起来。

"那你加油吧。"他砰砰地拍了拍殿村的肩膀，"我还得感谢你呢。"

"感谢？"殿村感到莫名其妙，"什么意思？"

"要是你也加入了我们的农业法人，现在你们家全灭了，我们不就要大赤字了？多亏你拒绝了。"

屈辱和愤怒直冲脑门，殿村握紧了拳头。稻本高声笑着转过身去，走进殿村刚刚离开的那栋难看的方形建筑。

"浑蛋！"

殿村坐上轻型卡车，双手用力砸向方向盘，怒骂着。

"浑蛋，浑蛋！"

他不顾疼痛，疯狂地砸着方向盘，一直被压抑的感情化作了眼泪。

不知道拍打了多久，最后殿村脱力一般垂下头，许久没有动弹。

就在这时，电话响了。

殿村呆滞地抬起头，从胸前的口袋里掏出手机。

看清来电显示后，他按下了通话键。

"主公，我有事想跟你聊聊，你有时间吗？"

听筒里传出了佃航平的声音。

"殿村刚才来过？"稻本问柜台后方的吉井。

"嗯，借钱来了。"吉井答道，发出一声嗤笑。

"听说你提了很过分的要求啊。"

"怎么可能。"吉井摆着手说，"我只是请他做一件很简单的事。"

"那家伙怎么说？"

"他说让他想想，然后拿着资料走了。哼，自作自受。"吉井发出嘲讽的笑声，"过不了多久就要哭着来求我帮他了。"

"对，到时候就让他加入我们的法人吧。归根结底，一个当惯了白领的外行根本种不了稻子，小看谁啊这是。"稻本恶狠狠地说完，把手上的文件交给吉井，"这是上次说的贷款文件，你会给我钱的吧？"

"我会最优先为您处理的。"

吉井讨好地笑着，动作娴熟地翻阅起了文件。

8

父亲正弘盘腿坐在坐垫上，一脸不高兴。

"不好意思，一下来这么多人。"

佃低头说完，马上拿出一份提案书递给了殿村。

"你先看看吧。"

这里是殿村家里屋。和式客厅内，殿村和正弘背对壁龛坐着，他们面前是一张古旧的大桌，佃、山崎、岛津，还有帝国重工的财前和北海道农业大学的野木都坐在另一端。

"您可能知道，本公司发起了一个新项目，目前在研发务农机器人。"

财前负责介绍，还用桌上的便携播放器展示了无人驾驶拖拉机在北海道农业大学试验田里运作的录像。殿村看得津津有味，连声称赞，可正弘纹丝不动，表情紧绷着。

"目前无人驾驶拖拉机已经发展到市场化准备阶段，接下来我们打算在真正的农田里测试它的耐久性、安全性、各项性能以及附加作业机器的精准度。之前我们一直在使用这位野木老师所在的北海道农业大学的试验田和本公司在冈山的签约农场，但考虑到往返花费的时间和金钱，还是想在近一点的地方找到试验田。而且，既然是进行农耕试验，还是真正种植水稻等作物的农田更好。正因如此我们今天才来登门拜访，殿村先生……"财前郑重其事地看着殿村父子，"请问能否将你们家的农田租给我们进行测试呢？"

正弘没有回答。

"老爸，这很好啊。现在是农闲期，今年又出了那么多事。"殿村试图说服父亲。

"我不知道你们想干什么，但是农田可不是运动场，要是被拖拉机压坏了，谁也赔不起。"正弘提出了反对意见。

"我们确实会在运行试验中让拖拉机进入农田，不过是进行耕耘，而且我们保证会万分注意，绝不会对今后的水稻种植产生影响。"

殿村点点头，问道："社长，你们想用多久？按照我的想法，只在农闲期用最好。"

"这话我有点说不出口……"佃正色道，"其实我们想借今年到明年这一整年。当然不是说一年到头都占着，只要一半，不，三分之一也行。您能考虑考虑吗？"

后面那句话是对殿村的父亲正弘说的。只是他一听到明年也要用，早已把头转开了。对正弘来说，农田的重要性仅次于生命，不，是跟生命同样重要的东西。现在有人要借他家的地搞什么测试，他怎么会轻易答应。

佃早就做好了这个准备，只是没想到正弘的态度远比他想象的还要顽固。

"您一定在想，绝对不能把自己辛辛苦苦耕耘的田地拿给别人做这种事吧？"佃对正弘的心情表示了理解，"突然提出这个请求实在是非常抱歉。不过，我们的务农机器人的核心，也就是自动巡航控制技术，是这位野木教授经过长年研究之后开发出来的东西。而野木教授跟我大学时代就是好朋友了。"

正弘露出略显吃惊的表情。

佃继续道："现在，日本的农业正面临各种问题。从业人员的平均年龄每年都在向高龄化发展，不断有人因此而弃耕。再这样下去，日本农业就会后继无人，不远的未来，水稻种植将陷入十分危急的境地。务农机器人可以不分早晚地工作，就算有误差也仅仅几厘米，它可以耕地、整地，从插秧到收割都能自动完成。我们之所以研发无人农机，不仅仅是为了赚钱，更大的目标是为日本农业贡献一份力量。我和野木，还有帝国重工，都有这样的想法。当然，我不认为仅仅这点工作就能挽救日本农业。农业存在各种问题，若不一个一个解决，就无法迈向未来。但可以说无人农机是当下比较有效的方法之一。野木教授试算过，引入无人农机能让农户的工作效率得到飞跃性提升，同时大幅增加年收入。这对那些喜欢农业，但是出于经济上的顾虑犹豫着要不要踏入这一行的年轻人来说也是个求之不得的好消息。这项技术一定能改变农业的现状，有效阻止因弃耕而导致的农业从业人口减少。为了将年轻的血液引向农业，增加农业的后继人，救农业于危急，这场试验是必不可少的。"

正弘闭着眼睛，一言不发，倾听着佃的讲述。

"殿村老先生，请您考虑考虑。拜托了。"佃双手撑在地上，低头请求道。

"老爸,你说句话啊。"

殿村焦急地看着父亲,却见正弘缓缓撑起身子,随后推开身下的坐垫,在榻榻米上端坐着,直视着佃、财前和野木等人。

"佃先生,我和你有同样的想法。"正弘端正身子说道,"我也认为再这样下去日本的农业就完蛋了,并且一直在想怎么才能解决这个问题呢?不过我能想到的主意很有限,说句丢人的话,其实我已经放弃了。我老早就对自己说,种稻子这种事,到我这一代为止了。"

正弘的话语中流露出对种稻子这件事的深切感情。

"刚才听了佃先生的话,我觉得特别高兴。原来还有人跟我一样,在认认真真地思考日本的稻米,还有农业的未来。原来我一直有志同道合的伙伴。而我的伙伴现在要发挥智慧去拯救日本农业,还有什么事能比这更让人高兴呢?我本来觉得,要是再也种不了米,那我活着也没什么意思。可是现在不一样了,现在我觉得,活着真是太好了,能见到大家真是太好了。"

这无疑是正弘发自内心的感慨。

不过这番意想不到的话让佃一行连眼睛都忘了眨,都愣愣地看着正弘。

"如果我们家的地能为日本农业做贡献,那可太让人高兴了。这算是我的请求,请各位拯救日本的稻米,拯救日本农业。"

正弘流着泪,深深低下了头。

第六章 围绕无人农机的政治展望

1

一台拖拉机在秋日的晴空下行驶。

今天有风，虽然还不能算冬日的寒风，却已经有了深秋的清冽感。

拖拉机背后的铁爪在旋转，卷起的尘土就像张开的降落伞向四周扩散。

目前在殿村家的农田里进行测试的无人农机共有五台。帝国重工和佃制作所联合在农道边的空地上建了一间管理站，派了员工常驻在这里。

岛津站在田埂上观察这次帝国重工无人驾驶拖拉机"阿尔法一号"的运行试验，她旁边是殿村和父亲正弘。

"我很早以前就想问了，为什么无人驾驶拖拉机上还有驾驶席啊？"正弘问道。

"原因有两个。"岛津竖起右手的两根指头，"第一，虽说是无人驾驶，但万一出故障停下了，就需要人去应急处理，所以无人驾驶拖拉机也可以人工驾驶。第二是因为《道路交通法》。法律规定，上公路的车辆必须有人驾驶。技术上说，从家里开到农田里完全可以实现无人驾驶，但在法律上则不行。"

"太麻烦了。"正弘挠着下巴，很不满意地说，"真是的，要是因为上头脑子太僵化，导致日本农业废掉了怎么办！"

"这个问题比较复杂。"岛津解释道，"比如上面没有人的无人驾驶拖拉机引发了事故，那责任是由厂商来承担，还是由所有人来承担呢？另外，无人驾驶技术目前还在发展中，远远称不上成熟，在这种情况下就早早改变法律其实很困难。"

岛津指着从面前经过的拖拉机，换了个话题。

"对了，殿村先生，你们看那台拖拉机，发现什么不一样了吗？"

殿村父子凝神看着无人拖拉机开了过去。

"后面的铁爪形状不一样呢。"

正弘先发现了。

"是不一样啊。"殿村回过头问，"那不是犁地用的旋机吗？"

"请看这个。"

岛津把手上的平板电脑拿给殿村父子看。两人看过之后都露出了不可思议的神情。

"这是什么？"

"那台后接作业机上装有传感器，可以检测土壤质地。经过传感器分析的结果会同步到电脑终端上。"

两人发出了惊叹。

"知道了土壤质地，就可以进行更为细致的管理。比如这块地适合种哪种稻子，哪块土壤需要施肥了之类的。现在还只能检测土壤质地，把传感器换一下，就能检测到更多东西。"

"我听说过用无人机掌握农田情况的做法。"

听了殿村的话，岛津点点头。

"我们这个能够得到更精确的信息。将来可以根据这些信息，让无人农机自动调节肥料的量和浓度，再进行播撒。"

"好厉害啊，你怎么想到的？"

"之前不是把田埂重新修了一遍吗？"

连日大雨导致河流决堤，大水冲进农田，殿村家的水田被淹没了。水退后发现田里淤积了大量泥沙，很多地方田埂都冲塌了。

佃包下农田后，不得不先把泥沙清走，再重新修好田埂。然而单靠人力实在过于繁重，而且很花时间。

"我们正发愁的时候，营业部的江原君说，在'日本农业'上看到有企业展出了修田埂的机器。"

这家研发全自动起垄机的企业是冈山当地的土桥工业。他家的主营产品是拖拉机作业机，其中犁爪占全日本一半的市场份额。

"多亏有他们的起垄机，帮我们及时修复了田埂。土桥社长知道了我们的务农机器人后还说他也在考虑无人农机，希望能加入我们。"

土桥工业的加入具有重要意义，因为不管多么高级的拖拉机，只有拖拉机本体是什么都干不成的。拖拉机的功能要在装了作业机之后才能发挥。

"拖拉机和作业机本来就是不可分割的整体，我们却一味追求无人驾驶，忽略了作业机。如果能在作业机里注入ICT的附加价值，无人农机的效率会进一步提升。"

殿村和正弘震惊地听岛津做说明。

"真是好吓人啊。"正弘甘拜下风似的摇了摇头，"这下子不就啥都能干啦？"

"那倒不会。"岛津说，"无人驾驶的农机和不断发送信息的ICT技术都要有人用才有意义。种植水稻真正必要的步骤和知识，其实都装在殿村老先生您的脑子里。您有您的经验，能种出别人种不出来的好米。可是如果您一个人独占这些东西，就开拓不了稻米种植的未来了。"

"你要我公开自己的经验和知识吗？"

正弘惊讶地瞪大了眼睛。

"不需要全部公开，只要把最基本的知识转化为可供阅览的形式就好。"

"原来如此，种地这种事，基本都是口口相传啊。"正弘说，"你要我把这些做成教材吗？好大的压力。"

"但是有意义。"殿村点点头，"老爸你现在虽然做不了重体力农活儿，但是有些事情只有你能做到，不是吗？岛津女士，你说对吧——岛津女士？"

岛津正目不转睛地盯着农田一角。

殿村慌忙看过去，随即发出小声的惊呼。

刚才还运行良好的"阿尔法一号"此时停在农田正中央，一动不动。

"不好意思，我离开一下。"

岛津匆忙跑向管理站。

"后来查出原因没？"第二天，佃在技术研发部的碰头会上问道。

"还没查出来。"岛津一脸郁闷地回答。

"拖拉机本体我们都查过了，会不会是通信方面的问题啊？"

轻部的想法只是猜测，岛津一时也难以做出判断。

"如果只是停下不动我还能理解，可当时机器熄火了。"

程序设定为如果出现通信中断的情况，拖拉机会自动"停车"。若通信情况十五分钟内没有改善，才会熄灭发动机。现在是停车的同时熄火了，证明并非程序下的操作。

"我跟野木教授联系过，请他也确认了，他说过去两年间的试运行都没发生过突然熄火的情况。"

立花的报告让岛津陷入了沉思。

"先不管原因是什么，发现了问题就很不错。运行测试就是为了这个。"佃鼓励道，"要是等上市了再出现问题，那才叫为时已晚。趁现在抓住能改善的地方积极改善吧。"

不用多说，产品研发的战场在发售之前。最考验生产者的地方在于他们能在这段时间里对品质进行多大程度的完善，等发售之后，一旦出现品质问题就要召回，就会造成巨大的损失，而且会影响产品的口碑。

大约两周后的一天夜里。

佃那天工作特别繁忙，晚上好不容易处理完，走到三楼一看，发现岛津正独自坐在电脑前。

"岛姐，还在忙吗？我们去吃饭吧。"

"嗯，谢谢，我就是突然想到先前的那个故障的点出在哪里。"

岛津应该正专注于技术问题，回应的话语显得心不在焉。

佃走近一看，屏幕上是变速器设计图的局部。

"我觉得这有可能是熄火原因。"岛津用圆珠笔笔尖指着设计图上的一点说。

那是让变速器实现无级变速的部分，有一组配置在转轴周围的齿轮。

"我打算用新方法改善齿轮的形状和配置……"

岛津抱着胳膊陷入了沉思。

"还有别的办法吗？"

"目前我能想到的只有这个。其他地方都是传统零部件进行传统式组合……我对这一块进行了大幅改动。而且……"岛津认真地看着佃,"如果下次测试中问题解决了,我想为这项新技术申请专利。"

"专利啊……"

佃扶着下巴想了想,既然岛津都这么说了,想必这项技术非常有价值。

"知道了,就按岛姐说的办。申请专利的事你可以找神谷老师商量。"

神谷修一是佃制作所的顾问律师,他拥有专利代理人资质,是知识产权方面全国知名的顶级律师。

"好,就这样吧。"岛津说着关掉了电脑,开始收拾桌子,"肚子好饿,我们去哪儿吃饭?"

2

"故障?"

伊丹皱起了眉。

堀田递来的报告来自宫崎县海老野市的一户试用农户。那里靠近宫崎县与鹿儿岛县交界处,可远眺到雾岛群山,是著名的大米出产地。这户农户家种植越光米,曾在全国大米风味比赛中被评为"特A"级,可谓种米领域的实力派。

在幽灵传动的会议室里,"达尔文项目"例行会议正在进行。

"说是拖拉机在无人驾驶的情况下,中途毫无理由地停了下来。重启程序后才恢复。"

冰室一言不发。他长长的头发垂在脸颊两侧,戴着一副黑框眼镜,散发出研究者的气息。

"你有什么想法吗?"伊丹直接问冰室。

冰室这才回答道:"应该是通信故障吧。"

在这种场合,马上下这样的断言显然不太合适。果然……

"你别说这种毫无根据的话好吗?"

坐在会议桌另一边的户川马上反击。通信技术是由提供自动巡航控制系统的纪新公司负责,难怪他此时气愤地盯着冰室。

这充满火药味的气氛让堀田尴尬地缩起了身子。

"还有其他类似的故障报告吗?"伊丹问。

"其实收到了好几件拖拉机突然停下的报告。"堀田回答道,"不过其他几件是因为操作不当,不太像是咱们的拖拉机的问题。有农户弄错了设定程序的步骤,按照我们的方式调整后都能正常运行了。"

"也就是说,这次的故障很不一样,对吗?"一直在旁边听着的重田问道。

"嗯,我们仔细问过了,那边的使用方法没有问题。而且他们也主张是机器的问题。"

"会不会没钱买,这会儿故意挑刺啊?"冰室开始质疑农户,"那家人可信吗?"

送出去试用的"达尔文"一共有三十台,试用协议上规定若一年的试运行期间没有出现问题,试用农户就以折扣价格买下机器。

"那是海老野数一数二的大农户,应该不是没钱买。"

堀田看着手头的资料,冲着就知道把责任推给别人的冰室皱起了眉。

"会不会是变速器出问题了呢?"

重田这么一问,冰室顿时急了眼。

"怎么可能有问题,不如看看发动机吧?听说工厂在越南来着?不是有人说价格一流,技术如何如何吗?"

"算了、算了。"见重田眼中已冒出怒火,伊丹当起了和事佬,"只有这一户明确报告有问题,还是再看看吧。"

重田和冰室都没说什么,户川也一言不发。

"达尔文项目"每个月都会召开一次联络会,地点在几家主要成员间轮换。会上要商讨各种策略,遇到试用人提出问题就要讨论如何改善。

"我们会重新审核一遍设计,也请幽灵传动和纪新把各自负责的部分再确认一下。保险起见我们都赶紧处理吧,不然事情越拖越难解决。"

重田做完总结,催促坐在旁边的北堀发言。

北堀一直闭着眼睛倾听这场充满火药味的讨论,这会儿发现轮到了自己,他仿佛久候多时一般露出了笑容。

"我有个好消息。"

他把准备好的资料分发给与会成员,会议室里顿时充满喜悦。

"这是机密情报。'达尔文'已被内定为首相大力推广的ICT农业推进项目了。这样一来,我们算是得到了政府的认可。正式资料明天应该会发到重田那里。"

大家齐齐鼓起掌。

"北堀,多亏了你啊。"重田感谢道,"要不是你不断为我们提升知名度,怎么会有这个好结果呢。"

"知名度只是一方面,这件事里还有一定的政治因素。"

北堀道出了事情的真相。

"是地方议员荻山仁史把'达尔文'推荐给浜畑首相的。浜畑首相虽然打算以推广ICT农业提高支持率,实际上却缺乏具体方案,就快变成空头支票了。这对荻山来说无疑是出头的绝佳机会,而对首相来说,这样就能成功赚得支持率了。另外,还有一点对我们很重要:一旦政府批复下来,我们就能得到助推金了。"

"这很好啊!"重田笑了起来,"这样就进一步拉大跟帝国重工的距离了。"

"啊不,这个嘛……"北堀收起了笑容,"其实帝国重工的务农机器人也被选上了。"

失望之情渐渐弥漫至整个会议室。

"各位,你们不该失望,应该开心啊。"

"什么意思?"

伊丹面露困惑。

北堀继续道:"这样一来,今后我们就有更多的机会去跟帝国重工的拖拉机相比较了。就像此前在'日本农业'一样,大家可以这样认为,每次比较都是一个机会,可以宣传'达尔文'有多么优秀。"

北堀的公司还会拍一部有关"达尔文"的纪录片,届时打算卖给各大媒体,进一步提高知名度。

"达尔文"是普通农户的好伙伴,而帝国重工的"阿尔法一号"是阻挡农户们致富之路的恶人——北堀计划暗中巧妙地制造这种对立,通过电视和广播上的新闻节目以及资讯类节目进行传播,将其深植于大众心中。

在北堀心中,大企业和执政党都是"假想敌",不过他是个圆滑的人,这才会想到利用政府的ICT农业推进项目来达成自己的目的。这也算是他的优秀之处吧。

"今后浜畑首相肯定会在各种场合强调自己对农业领域的关注。每到这种时刻,'达尔文'就会被提起,渐渐就会无人不知。换句话说,'达尔文'将不再是城镇中小企业搞的项目,而是国家级项目了。我们的力量终于得到了国家的认可。"

这番话也意味着他们已经做好准备,让帝国重工的无人农机——不,是让的场俊一这个人,颜面扫地。

重田眼中冒出了杀气。

"我们虽然在'日本农业'展会上取得了一定的成果,但目前名气还仅局限于地方领域。不过今后就不一样了,'达尔文'将开始新一轮的'进化'。"

北堀的热情话语鼓舞了在场所有人的士气,一个个全都情绪激昂起来。然而唯独一人满脸阴云,那就是坐在会议室末席,负责分发资料、打打下手的幽灵传动采购部负责人柏田。

会议结束后,柏田一边收拾资料一边对旁边的堀田说:"堀田先生,今天那件事真的没问题吗?"

"什么事啊?"

"我知道北堀社长的营销策略很厉害,可您不觉得有点太激进了吗?"

"而且还有故障问题。"

堀田好像也很在意,原本正在关投影机的他愣在了原地。

"是啊。话说,佃制作所不是加入了帝国重工的无人农机项目嘛……"

"达尔文"阵营已经得知了这一消息。帝国重工的藤间社长一声令下,制造部退出了该项目,大型拖拉机路线也被修正了。不过,重田和伊丹对此做出的判断是"不足为惧"。

佃制作所的小型发动机是以高性能为卖点,成本上远远比不过代达罗斯。而变速器方面他们才刚刚起步，甚至没有量产经验。

"达尔文"不可能输——这是两人一致的见解。

"其实……今天我听洗足工业的足立社长提到一件事，让我有点在意。"洗足工业是幽灵传动的合作厂商之一，"他们跟佃制作所也有合作，最近有人在那儿看到岛津姐了。"

"真的？"

堀田抬起头来。

"而且她还穿着佃制作所的工作服。岛津姐会不会加入佃制作所了呀？"

"怎么可能？！她不是去大学当讲师了吗……"

"我是这么听说的，可她不是兼职讲师吗，既然如此，就有可能被佃制作所高薪聘请过去。"

堀田脸色变了，瞥了一眼社长室。会议结束后重田和北堀没有马上离开，好像待会儿要一起出去吃饭。

"你告诉社长没？"

"还没。我也是刚听说，回来就开会了。"

"我记得你跟佃制作所的那个立花君关系不错，是吧？"

堀田这么说的意图很明显，就是让柏田去确认。然而柏田马上摇了摇头。

"您别开玩笑了，现在我怎么开得了口啊。"

之前那场官司多亏了佃制作所帮忙，他们才不用支付巨额赔偿金。然而伊丹非但没报答佃制作所的恩情，反而转头就跟他们的竞争对手代达罗斯签署了资本合作协议。之后又与山谷交涉，把佃制作所通过竞标赢得的阀门订单也搞黄了。对佃制作所来说，幽灵传动无疑是一家恩将仇报的公司。

第二天早晨，堀田向伊丹汇报了岛津的事情。看着伊丹明显动摇的神情，堀田不禁倒吸了一口气。

"阿岛去佃制作所了？"

伊丹脸色剧变，显然大受打击。

岛津原本是幽灵传动的合伙人，离开公司时只说了一句"和伊丹社长在经营方针上看法不一致"。堀田不知道伊丹和岛津后来还有没有来往，不过看到伊丹此时的表情，堀田产生了一个想法。

伊丹想把岛津请回幽灵传动。

他这么想也不无道理。

因为冰室。

在伊丹三番五次的郑重邀请下，冰室来到了幽灵传动，成为岛津的后继人。然而，此时已经可以看出他并不是他们想象中的人才。

此人颇有自尊心，履历无可挑剔。

可是，纵使他有经验、有成绩，却缺乏岛津的灵感和直觉。

岛津被誉为天才，也具备不辜负这一称号的特质。

"去了佃制作所啊……"伊丹喃喃着，随后咂了一下舌，叹息一声道，"真是的，她在想什么呢……"

他双眼空洞，视线在四处游走。

"我觉得这件事应该让社长知道……"

离开社长室后，堀田心中涌出一丝不安。

"达尔文"项目的进展确实让人眼花缭乱，但并非在所有方面都大获成功。应该说，在他们看不见的地方，可能已经出现了破绽和矛盾——这个想法在堀田心中形成了一个小小的疙瘩，让他无法放下。

3

财前带来了好消息。

"昨天我接到通知,咱们的务农机器人项目成为ICT农业推进项目的一环了。"

"真是恭喜您了。"

佃先道了声喜,随后又想到了问题。

"那'达尔文'应该也……"

"您没猜错,他们也获得了批准。我认为首相选择目前话题度很高的'达尔文',是想更好地宣传他在选举中提倡的政策。"财前继续道,"另外,政府那边来问能否视察研发现场。"

"那不如请他们看看在农田里进行的农机试验?反正我们每天都做,应该可以完成较为完美的展示。"

"那我给他们提提这个建议。不过,首相的日程非常紧,另外去农田看试验还有警备问题。等细节都定好之后,我再来找您商量吧。"

三天后,财前再次来找佃。

"那边问,现场视察活动能否在北见泽市进行。佃先生,可以吗?"

"北见泽啊……"

北见泽位于北海道,离札幌比较近。佃对这个选址感到有些意外。

"为什么要去北见泽呢?"

"据说北见泽市全力支持ICT农业发展策略,他们也加入了ICT农业推进项目。所以政府那边想,能不能趁这次首相参访北见泽市的机会,在那里搞一场无人农机的现场演示。"

"原来是这么回事啊。"佃表示明白了。

但是财前又继续道:"另外,'达尔文'也会参加,北见泽市打算把这次现场演示搞成一场大型活动。"

看来,他们意外地获得了与"达尔文"再次同台对决的机会。

"听说你们被浜畑首相大力推进的项目选上了呀。的场君,你打算怎么弄啊?"

冲田会长的问题虽然普通,其中隐含的否定情绪却表露无遗。

这里是冲田经常光顾的一家位于六本木的高级意大利餐厅。室内装潢十分雅致,没有菜单,而是将当日制作前菜、主菜和甜点会使用的食材放在推车上供客人挑选。在的场看来,这样非常没有效率。一般餐厅顶多两小时就能结束的一顿西餐全餐,现在都三个多小时了还没结束。

包间里坐着冲田、的场和制造部部长奥泽。话题刚转到无人农机的瞬间,奥泽部长就一脸不高兴地闭上了嘴。

"我们一定能战胜'达尔文'的,请您放心。"

"我不是在问你这个。"冲田烦躁地训斥了一句,"我是在问你,制造部到现在还被排除在项目之外,这到底是怎么回事?"

"实在抱歉。"

内心翻滚的怒火让的场涨红了脸,但他只能低头道歉。

"是藤间社长决定的。目前还有点混乱。"

"你的任务不就是纠正混乱吗?当初让你接手这个项目到底是为了什么?"

就算面对自己的心腹,冲田也会毫不留情地责骂。此时他不仅面不改色地百般嘲讽,冷冷注视着的场的双眼中还浮现出了轻蔑的神色。

"现在该项目暂时在与外面的厂商合作,接下来我准备瞅准时机转到内部。请您再稍等一段时间。制造部目前也在加速进行小型发动机和变速器的研发。"

"要等到什么时候?最好是你我还坐在帝国重工董事会椅子上的时候。"冲田说得毫不客气,而且他这种人属于越说越来气的性格,"还有,你打算容忍那帮人蹦跶到什么时候?"

"那帮人"指的是"达尔文"项目的成员。

"听好了,你可能以为只有你是八卦杂志的受害者,其实可不是,现在被大众视为恶人的不是你,而是整个帝国重工。那个重田的所作所为,就是在对本公司宣战。我还听说那帮人里做变速器的是被你赶出制造部,最后离职了的员工啊。怎么能让那种人小看了帝国重工呢?!我才不管什么'达尔文',给我弄死,听到没有?!"

其实不用冲田明说,的场也打算这么做。只是此时如果多嘴,恐怕会火上浇油。

"明白了。"的场小声应道。

就在冲田还要继续说下去的时候,服务员推着小车走进了包间。的场松了一口气,突然格外感谢这家店效率低下的安排。

4

堀田坐在空无一人的办公室里,独自打量着电脑屏幕上的设计图。

已经保持这个姿势多久了?

玄关处传来的响动让他突然回过神来。

已经晚上十点多了。

一个人走进了公司大门，堀田盯着那人，直到他走到办公室透出的灯光下，才松了口气。

"我还以为是谁呢。你怎么来了？"

"试用人不是发邮件来了嘛……"

果然是这件事。

冰室今天下午五点多就离开了公司，说要跟客户吃饭。虽然不知他去了哪里，不过堀田推测，他可能是吃饭时看到了邮件，把客户送走后就又回到了公司。

"达尔文"的几位试用人每天都会发来各种信息，全部由幽灵传动优先负责处理。邮箱由堀田管理，定期与代达罗斯和纪新分享内容，若有较为重要的事项就开会讨论，由大家共同商讨解决。

那封邮件是六点多收到的。

发件人是新潟县的试用人，邮件里提到运行中的"达尔文"突然停止不动，发动机熄火了。他们尝试重新启动，但机器还是不动。邮件还附了当天的天气情况和当时的气温等详细作业数据，并添加了约十张"达尔文"在农田正中央一动不动的照片。

冰室坐在自己的工位上，打开了电脑，皱着眉一脸不高兴地盯着屏幕。

"应该是发动机或变速器的结构存在缺陷吧。我觉得应该再仔细审核一下设计。"堀田说道。

"你说得倒轻巧。"

冰室话里带刺，堀田就闭上了嘴，不再自找没趣。

每次收到故障消息，冰室都只会一个劲儿质疑发动机和自动巡航控制系统有问题，始终不愿意重新检查变速器的设计。

堀田认为，冰室这种态度跟他作为技术人员的成长环境有很大关系。

冰室之前在大型变速器厂商东光公司工作，他所在的设计部非常强悍，设计出的主变速器产品有极高的独创性，可谓整个公司都靠设计部支撑。另外业界一直有传闻说，东光的设计部拍板的设计，基本就不会再修正了。

"冰室先生，现在还是找不出原因，万一是我们的变速器有缺陷可怎么办？"

危机感让堀田忍不住又问了一句。

"反正设计这款变速器的是上一任设计主管，就算有缺陷，也不该由我来背锅。"

冰室给的回应可以说驴唇不对马嘴。难道他觉得拿出这样的理由就能自保了吗？眼下在这种场合，说这种话真的合适吗？

堀田感到心中一阵苦涩，却无能为力。

"那个变速器确实是岛津姐设计的，可如果最终发现是它的问题，头痛的可是咱们公司啊。"

"前提得确实是变速器的问题吧。"冰室语气强硬。

这样努力地维护自尊，反倒暗示他心中也充满不安吧，堀田突然这样想。

"到时候冰室先生应该难辞其咎，我也得承担责任。因为上一任岛津姐的设计是在冰室先生认可后交接的，我呢，也看过了图纸，认为设计无可挑剔。可说不定真的有问题呢，我们应该再精查一遍。"堀田指着屏幕上的设计图继续说道，"冰室先生不也是因为心里觉得有问题才跑回来的吗？"

"没什么，我只是好奇，才回来看看的。毕竟上回也有试用人发来了类似的故障报告。"

他说的是海老野市的那家农户，不过之后他们就没再发来过类似的故障报告了。

"这次的故障比上次还严重，因为重启后拖拉机还是没动。这样一来就很难说是通信系统或自动巡航控制系统的问题了。"

上次冰室坚持是通信系统出了毛病。堀田认为这一说法毫无根据，纯粹是在推卸责任，为此暗中鄙视了他好久。

冰室没有回应，继续目不转睛地看着电脑，像是在琢磨邮件的内容。

堀田叹了口气说道："我准备明天过去看一下出问题的拖拉机，放着不管会给人家添麻烦的。冰室先生，您要跟我一块儿去吗？"

"我就不去了。"他的态度已明确表明不打算费这个心，"等真的证明了是变速器有问题，我再去也来得及。对了，堀田……"

冰室转过头，目光冷酷地看了堀田一眼。

"你记得吩咐试用农户，这件事千万不要外传，听到没有？"

5

"上回跟你说的政府人员视察，阵仗好像变得比他们之前说的大了。"

电话另一头财前的声音里带着紧张感。

"有多大阵仗？"

佃想到了"日本农业"展会。帝国重工的"阿尔法一号"在现场演示时出现了重大失误，引发了一阵热议。但说来讽刺，那件事反过来成了佃制作所回归这个项目的契机。

"首相要去，佐野知己和望月章吾这些政治家也要去。"

"那两个人去干什么？他们出身北海道吗？"

这两位都是执政党里的大人物。

"他们不是北海道的，但都在农林领域十分出名。肯定是想借首相的ICT农业项目宣传自己吧。北海道知事也会随行。有这么多大人物参加，媒体当然会格外关注，这对我们来说是个机遇。"财前说，"那次在'日本农业'的展示结果令人遗憾，不过只要在这次领导视察中完成优秀的展示，就是一次很好的宣传。这可能是投入市场前能获得的最大机会呢。"

最后财前激动地说了一句"我们一起想办法取得成功吧"，便结束了通话。佃则吐出了沉重的叹息。

事情可没那么简单。帝国重工身为大企业，赢了是理所当然。反过来，假设'达尔文'胜过了帝国重工，那他们可就变成冉冉升起的新星了。

带着胜利的包袱去取胜——"这可以算是最艰难的决胜了吧。"

佃站在社长室窗边兀自喃喃道。

"很有意思嘛。"

联络会上，代达罗斯的重田听说了要去参加北见泽市的视察活动，露出求之不得的笑容。

"这会是'日本农业'展会的场景重现吧。"北堀高兴地说，"我得到了内部消息，说浜畑首相特别欣赏'达尔文'。那是当然了。身为一国首相，支持'达尔文'比支持帝国重工更能得到普通民众的支持。重田，你听好了，要是首相跟你说话，你就问他一句要不要坐上'达尔文'看看。只要能拍到首相坐在'达尔文'上，露出满意的表情的照片，那我们在报纸和网络上的曝光率就不用愁了。"

最近北堀的营销战略越演越烈，不光制作了印有"达尔文"商标的贴纸、印花手帕、记事本、圆珠笔等纪念品，还拍摄了不少影像资料，为大功告成之时制作纪录片做准备。此时就有摄影师跟拍会议内容。

"能先停一下吗？"幽灵传动的伊丹对摄影师说，接着转向参会众人，又开了口。

"前不久，新潟县的一户试用人发来了故障报告，我们的员工前往当地对故障情况进行了调查，我想请各位听一下详细汇报。"

今天来参加联络会的依旧是那几位老面孔。

伊丹说完这句话之后，堀田有点紧张地站了起来。

"我和代达罗斯的柳本先生，还有纪新的竹内部长一道赶往当地，对问题机器进行了检查。当场打开发动机盖后没发现问题原因，我们就向试用农户说明了情况，将故障机暂时收回了。"

"喂喂，没问题吧？"

北堀皱起眉问道，但没人能回答他。

"明天，故障拖拉机将会运到本公司，届时请各方面负责人前来展开精查。"

重田和户川都只含糊地应了一声，声音几乎听不见。这件事就算商讨完毕了。

"还有其他试用人提交了类似的故障报告吗？"北堀担心地问。

"没有，只有这一件。"堀田回答，"我把所有试用人的情况都调查了一下，发现故障拖拉机有个特征，那就是行驶距离比其他机器要长很多。"

"那也就是说是耐久性不足？"北堀抱着胳膊，低声沉吟。

这也就意味着，今后有可能收到其他试用农户报告类似的故障。

"各位，就算出现了故障，只要能在商品化之前完善好，不就没问题了吗？"北堀很乐观，"趁现在进行彻底精查，在首相视察的时候让全国人民看看我们的英姿吧。我们要让所有人见识到城镇工厂的技术实力。"

然而这番英勇的发言只得到了与会人员毫不干脆的含糊回应。

6

不久前，一台变速器被搬到幽灵传动那狭窄的作业间，放在了作业台上。

把拖拉机从新潟县运回来后，纪新的员工先来把通信系统的组件拿走了，接着代达罗斯的负责人把发动机领走了。

"没什么明显伤痕。"柏田一会儿站一会儿蹲，仔细观察银色的变速器外壳，然后转头看向堀田，说，"也没有碰撞痕迹。"

柏田拿出工具卸下外壳，里面复杂的结构露了出来。

"冰室先生，我们要拆了。"堀田叫了一声。

正坐在桌旁办公的冰室站了起来，一脸不情愿。

他们缓缓拆下零件，确认过外观后排列在了作业台上。

整个过程安静得让人窒息。柏田和堀田偶尔嘟囔几句，除此之外只能听到金属碰撞和摩擦的声音。

不久后柏田发出了一声惊呼。

他小心翼翼地把一个零件单独放在作业台一角。这个零件叫行星齿轮，是控制变速器换挡的重要零件之一。而拆下来的这个齿轮有不自然的变形。

"怎么会变形啊……"

堀田边说边检查它周围的零件，很快就发现了一些磨损痕迹。接着柏田又指出变速一侧的异常，至此基本可以确定故障原因在变速器上了。

"变成这样了难怪会动不了。是我们的变速器出了问题。"柏田一脸愕然，"不过为什么会变成这样呢？"

"是不是跟什么零件卡住了。"

堀田说着，也像柏田那样开始取周边的零件。

不一会儿他就发出了疑问："您怎么想？"

他提问的对象是冰室。

没有回答。冰室只是以堪称恐怖的眼神死死盯着零件，看来连经验丰富的他都无法确定原因。

"是不是材料的问题啊？"

堀田提出了一个可能性，但很快就觉得基本不可能。同样的材料也使用在其他变速器上，从来没出现过这种问题。原因应该在别处。

"没有其他可疑的地方了。"

变速器全部拆解完了，堀田还确认了一下阀门，最终长叹一声。

此时伊丹正好从外面回来，听完情况说明脸色就变了。

"怎么会变成这样？冰室君，你知道原因吗？"

"只有这点线索，我很难判断。"冰室不带丝毫感情地看着变形的零件，心虚地说，"这个设计堀田君不是参与了吗，他应该知道才对。"

"我要是知道，肯定早就说了。"

堀田抬起头，语气中透着厌烦。

"就是设计有问题才会变成这样，你怎么不谦虚一点承认错误呢？"冰室冷冷地说。

"您认为这是别人的责任对吗？冰室先生您又是为什么……"

"堀田，把原因查清楚。马上。"

伊丹打断了他们的争论，用不容置疑的语气下达了命令。

这时不知从何处传来电话铃声，是伊丹的手机。

他咂了一下舌，接通电话。

"你说什么？"

伊丹举着电话看向堀田，抬起右手让大家安静一点。

结束通话后，伊丹的脸色似乎又苍白了几分。

"是纪新的户川打来的。"伊丹说，"他们发现了程序漏洞。据说变速指令存在失控的可能性。"

原来自动巡航控制系统也出问题了。

"失控？"柏田惊讶地问道，"具体是什么……"

"若以汽车为例，就是会一分钟向变速器发送好几十次无意义的一挡到二挡的切换指令。他们觉得这个可能是导致故障的原因，就打电话来问我们这边的情况。"

此时所有人的视线都集中在那个变了形的零件上。

"这是……原因？"

堀田喃喃低语，突然垂下肩膀，仿佛被抽走了所有力气。

"尽给人找麻烦。"冰室大声说着，转身离开了。

"抱歉了堀田，还有柏田。你们辛苦了。"

伊丹也疲惫不堪地叹了口气，随即走了出去。

"一分钟发送好几十次无意义的变速指令……"柏田一脸无

奈，可当他转向堀田时，脸上却有一点疑惑，"就这点问题会让变速器的零件变形吗？"

这个问题并不是在问堀田，但他也不知道自己在问谁。

第七章 视察比赛

1

北见泽市在札幌以东约五十千米处，是个总人口十万的小镇。

昨天下午，佃航平与北海道农业大学的野木一道抵达该市。而早在三天前，山崎和岛津这些技术研发部的成员就已先行来到了这里，与帝国重工的成员共同为首相视察做准备。

昨天傍晚，帝国重工的财前也到了，并在市内的一家酒店召开碰头会兼壮行会。

五月一日，天气晴朗，肥沃的土地一直延伸至与地平线相接，带有初夏气息的阳光洒在田野上。

首相今日会先在市内视察其他项目，预计于下午一点四十五分到演示现场，然后听取北见泽市市长对ICT农业促进项目的介绍，约下午两点开始观看帝国重工与"达尔文"的演示，双方各占二十五分钟。其后首相将赶往机场返回东京参加会议，活动日程非常紧凑。

一大早就忙了起来，搭工棚，搬器材，检查运行路线和程序，准备好分发的资料和小册子。一刻都闲不下来。正午过后，准备工作都已完成，只需等待首相到来。

"还有三十分钟。"山崎看着手表确认了时间。这三天的户外工作让他晒黑了不少，只听他祈祷般喃喃道："希望一切平安结束。"

"该做的我们都做了，接下来只要相信自己的技术就好。"佃说完看向旁边的野木，寻求赞同。然而他心中一惊，因为他看到了野木紧绷的侧脸。

野木的视线正对着他们旁边的工棚。那里是"达尔文"的工作站。

"野木,你怎么了?"

"是他。"野木说,"就是前面那个穿西装的人,是纪新的户川。"

佃不动声色地远远观察起那个人。

小个子,看起来不到四十岁,穿着深蓝色的条纹西装,系着夸张的领带,正跟其他工作人员谈笑风生。

"就是他偷走了野木老师的技术吗?"

佃皱眉看着那人,就在这时,户川似乎感觉到了目光,朝这边看过来。

两人对上了视线——但只是一瞬间。可能因为那边的什么人说了句笑话,户川很快转过去大笑起来,根本不在意野木和佃。

"不如去打声招呼,顺便骂上两句吧。"

在旁边听着的轻部迈开了步子。

"别去,不用了。"野木赶忙把他叫住,"谢谢你,轻部先生。"

轻部似乎想对他说点什么,但看到野木脸上的决绝表情,便把话咽了回去。

"他把我近二十年的研究成果偷走了。"野木说,"不过,轻部先生,就算他偷走了那些研发资源,单靠那套程序也无法自由操控无人农机。如今又过去了六年,ICT领域的六年相当于普通产业的三十年,甚至五十年。被偷走的研发资源只适合六年前的环境,现在再看已十分老旧。你应该明白,为了适应现在的环境,我们制作了新的程序。而制作新程序需要对技术有非常深入的理解和非常丰富的经验。他们能做出来吗？很快所有人就都知道了。无人农机的使用者，甚至整个社会的评价会摆在他们面前。他们的评价才代表一切。"

野木一直在前进。

通过不正当手段拿到研发资源后，纪新这家创业公司确实实现了飞跃。可那不过是逞一时之快。要让研发资源不断进化，不断完善，像野木这种通过长年研究积累起来的知识和经验不可或缺。户川的公司有这些东西吗？佃认为，双方的拖拉机虽然乍一看差不多，都会动，但性能方面应该有很大的差距。

"社会会给出评价，这个说法我很喜欢。太有道理了。"岛津说着，又略显寂寥地点了点头。

岛津会这么想，也是因为她在帝国重工研发变速器时曾有过许多不甘。

岛津设计的变速器在帝国重工遭到了否定，但是后来被爱知汽车采用了，用在他们的小型车上，创造了扎实的成绩。在公司内部得不到欣赏，甚至被赶出制造部，最终却获得了社会的好评。

"对技术员来说，那是最高勋章啊。"佃说，"说到底，最关键的不是内部斗争和宣传手段，而是用产品说明一切。只有使用者认为自己需要这个、这个很好，产品才能生存下去。在这个意义上，我们应该关注的不是'达尔文'，而是全日本的农户。眼下的这种敌对，只是媒体煽动的闹剧罢了。"

"一想到我们被卷入了这种闹剧，我就觉得很无奈……"山崎叹着气说。

"但也要赢啊。"轻部突然说出振奋人心的话语，"我可不打算输给'达尔文'。"

"我也是。"死板的立花也难得毅然说出宣言,"绝对要赢。为了野木老师,我们不赢不行。"

员工们的心都团结在了一起。

这帮人真热血啊,佃心里想着。

而且是一帮好人。

跟这些人一起工作,总会让他感到由衷的高兴。比如现在这一刻。

这时佃听到了轻微的引擎声。只见一台红色拖拉机在几个男人的簇拥下,宛如花魁道中①一般款款驶来。

人群中有几张熟悉的面孔。

伊丹,还有重田。旁边围了好几名摄影师,恐怕又要做成电视新闻吧。媒体一直在关注"达尔文",虽说日后社会可能会给出不同的评价,但目前,这就是社会的评价。

"佃先生……"

听到有人叫自己,佃收回目光,发现刚才去接的场的财前回来了。看到他身后的人,佃等人行了个礼。

"准备好了吗?"的场俊一问道。

"准备好了。"财前回答。

的场点了点头,说道:"让我看看拖拉机。"说完便朝无人农机"阿尔法一号"走了过去。

身为总指挥,的场却很少到现场。据佃所知,今天是他第二次亲临现场,上一次是"日本农业"那次。碰头会和在农田里的运行测试他都没参加过。

毫无热情,骄傲君临。

---

① 日本古时花街的花魁走过街巷迎接贵客的仪式,随行者可多达十数人,声势浩大。

对的场来说，务农机器人这个项目不过是他出人头地的道具罢了。

只是他没想到，这个道具因为"达尔文"的出现，反倒成了可能损害自身利益的"双刃剑"。杂志上刊登的丑闻，"日本农业"展会上的失败，全是他通往社长宝座之路上的绊脚石，是令他痛恨不已的污点。

但这次首相视察，对的场来说是总算盼来的清洗污名的好机会。

的场走到帝国重工的工棚边，站在"阿尔法一号"前。

"好小啊。"他定定地看着那台拖拉机，发表感想，"我还是怎么都无法接受现在这个，我觉得以前那个挺好。变成这样，跟那玩意儿有什么不同？"他朝另一边的"达尔文"努了努嘴。

"大小虽然差不多，但佃制作所的发动机和变速器性能都比'达尔文'上的优秀。"财前解释道。

"什么样的变速器？"的场背后的一个人询问道。

那人是帝国重工制造部部长奥泽。

"是专门为这台拖拉机研发的无级变速器。"财前回答。

"无级变速？"奥泽皱着眉，表现出否定的态度，"我们研发的变速器肯定比这东西稳定。只要尺寸小，就随便什么都行吗？"

"我觉得你们的设计太旧了，很不好用。"

奥泽猛地转过身去，脸上露出不可思议的表情。

"你是……"

"佃制作所的岛津。您应该记得我，我曾经在帝国重工的制造部待过。"

"哦，我还以为是谁呢。"奥泽总算想起了她，失笑道，"听说你离职了啊，没想到会在这种地方碰到。不过也是，你很适合在我们公司的外包商待着。"

"我们公司虽小，但能做出好东西。"岛津说，"留在帝国重工却等不到任何机会。现在能用这台最新型的变速器试探市场的反应，我感到很幸福。"

"最新型？说得真好听。"奥泽不屑一顾地说，"的场先生，我们竟然要靠这帮人生产的发动机和变速器，真是太可悲了。"

"没错，就是可悲。不过，这场悲剧可是藤间社长亲自安排的，这就是人们所说的'老人为害'吧。最近社长插手过的事业，没有一样成了的。这次缩小尺寸的方案失败了的话，也完全是藤间社长的误判。"

的场说完，无比憎恶地看了一眼拖拉机，毫无留恋地转身离开了。

"真他娘的讨厌。"轻部骂道。"我们做了那么多，竟然是帮那家伙脸上贴金吗？"

"这有什么的。"岛津丝毫不在意刚才这番对话，"不管往谁脸上贴金都无所谓。我们就是要做出好东西，让农户高兴，这才是我们的目标。"

"哼，既然岛姐都这么说了，那就这样吧。"轻部揉着鼻子说。

"社长，有点晚了啊。"山崎看着表说，"按理说浜畑首相这会儿该到了。"

此时他们才发现，已经比首相预计到达时间过去十多分钟了。

"我去跟市政府的人确认一下。"

亚纪说完跑了出去。

不一会儿她就回来了，汇报道："他们说从东京过来的航班晚了三十分钟，因此演示时间也要压缩。"

在场所有人马上抱怨起来。

"他们怎么不早说啊。"

又过了大约二十分钟,市政府的人才过来通知他们。

"浜畑首相到了。"

2

近距离观察浜畑铁之介,会发现他个子虽小,却是个精力旺盛的人。

他对每个人都和颜悦色,有人跟他说话他都会一脸认真地回应,每次握手都十分有力。

现在的政治家多数是二代议员,但浜畑没有家族背景,而是苦学之后从政治家秘书起步,一路走到了现在。他对什么人都不摆架子,乘坐新干线时听说邻座乘客是去看望生病的父母,还专门打听到医院并送了一束花过去,看起来像个老派政治家。但是让浜畑坐上首相之位的最大原动力,是"嗅觉"。

说白了就是能敏锐地抓住时机。虽然有人背后骂他是墙头草,不过他本人从来没在意过。

没有靠山,没有财富,这样的人在刀山火海的政界行走,最大的武器就是发现时机的敏锐感觉。另外他还具备敏锐的眼光和判断力,以及斩下政敌时毫不留情的冷酷。

"做好准备,随时可能开始。"

财前一声令下,工棚里的气氛顿时紧张起来。

这时一位套着臂章的政府职员跑进了工棚。

"不好意思,请问负责人在吗?"

"我就是。"

财前走过去,那名职员一脸抱歉地说:"浜畑首相现在在跟知事谈话,接下来马上开始无人驾驶农机的展示视察,但因为原本就到晚了,因此时间要压缩到预定的一半。实在很抱歉,我们决定将演示减为一场,首相本人同意了,所以这次只由'达尔文'来做演示。"

这意料之外的变动不仅让财前愣住了,在场所有人都面色大变。

"这样不行啊,为何不改为各十五分钟呢?这样应该也没问题啊。"财前提出了抗议。

"很抱歉,这是首相本人的意愿。我们已经跟'达尔文'那边说好了。"

这下无计可施了。

"怎么这样?"的场突然愤怒地靠了过来,"我们为这次展示准备了三天,你们到底在想什么呢?"

"市长提议首相离开后你们还可以继续做展示。"

"开什么玩笑!"

就在的场震怒的时候,外面传来一片欢呼声。众人转头看去,原来是浜畑首相在摄像机和保镖们的簇拥下缓缓走来了。他在"达尔文"的工棚前停下了脚步,先打了声招呼,然后由重田领到停在旁边的拖拉机前。浜畑坐上了驾驶席,一脸满意。

"浑蛋。"的场不甘心地骂了一声,推开工作人员走到工棚外。

浜畑再次靠近时的场大声说道:"浜畑首相,我是帝国重工的的场。"

他深深鞠躬,露出下属和外包商绝对无缘得见的谄媚笑容,硬着头皮问道:"您有时间的话,也请看看我们的无人驾驶农机的现场演示吧?"

"啊不必了，今天时间有限。"浜畑指着手上的表说，接着问了个让在场众人都十分惊讶的问题，"你就是的场先生吗？"

"是的，很荣幸见到您。"

浜畑可能事先了解过情况，此时目不转睛地打量了的场一会儿。

"荣幸是可以，可请你别欺负中小企业欺负得太凶啊。"

这句出人意料的话引来一阵哄笑。

的场的表情僵住了。

浜畑快步经过的场面前，泰然走向特别席位。

的场被扔在原地，愤怒与屈辱让他愣住了。让首相说出这句话的由头当然是《波尔多周刊》的那篇文章。

奥泽也愣住了，不知道该怎么办。

"的场先生，的场先生。"

这时，一个人穿过人群缓缓走来。

他满脸笑容地在的场面前站定——是代达罗斯的重田。

看到重田的瞬间，的场倒抽了一口气。

"我是'达尔文'项目的重田。不过报重田工业这个名字您应该更熟悉吧？此前真是承蒙您关照了。"

这句揶揄可谓尖锐。的场愤怒地看着重田，没有回应，紧接着他又认出了重田旁边的人，不由得皱起了眉。

"伊丹，是你吗？"

"好久不见了，被的场先生赶走之后，我跟重田社长成了好朋友。"

佃看到了的场和伊丹的对峙，不由得屏住了呼吸，他也感受到了他们散发出的深不见底的恨意。

"原来如此，是这么回事啊。"

的场轮番看着他们,突然大笑起来。

"有意思!然后呢?你们打算来报复我吗?你的公司走上了绝路,还有你,被赶出机械事业部,这些都不怪别人,要怪你们自己啊。别把责任推到别人身上好吗?无论你们说什么,在我听来都是丧家犬的嚎叫。告辞了。"

的场转过身去。

"事到如今你想说的只有这些吗?"

重田低沉的声音让的场停下了脚步。

"我们会彻底把你搞垮,你好好记着吧。"

的场哼笑一声,头也不回地离开了。

3

红色车身的拖拉机在农田中行驶。

是"达尔文"。

它缓缓驶过工棚前的农道,准确地停在浜畑首相一行的座位前,然后在首相与北海道知事等人的掌声中继续沿着农道行驶,很快就进入农田,重复上次在"日本农业"的操作。

"哼,挑不出什么毛病来啊。"

轻部似乎巴不得对方出点什么问题。

"赶紧熄火吧。"

有的人甚至毫不遮掩地说出了心中的期待。

但是"达尔文"并没有停下。它避开了故意设置的障碍物,没有破坏培土,保持着精确的操作。

岛津一句话也没说,认真观察着"达尔文"的动作。

很快,"达尔文"驶出农田,回到了农道上。

期待中的故障和失误操作都没有发生,"达尔文"完美结束了程序设定的动作,回到停车点,完成了二十五分钟的展示。

四周响起热烈的掌声。

浜畑首相也站起来鼓掌,又跟来到身边的重田握了手,说了几句话。最后轻抬右手,离开了座位。

"他们大获成功啊。虽然很不甘心。"

山崎呆呆地看着那边,长叹一声。

首相离开会场后,农田周围的观众也纷纷离开。他们是为了看"达尔文"的展示来的,现在展示结束了,是时候回去了。

"帝国重工的各位,请准备。"

政府那边的负责人过来打了声招呼,野木在遥控电脑上输入了开始时间。

在冷却下来的期待和关注下,帝国重工的"阿尔法一号"从佃等人所在的工棚出发,经过已经没有人的检阅席,朝农田驶去。

岛津仍跟刚才一样,目不转睛地看着运行中的机器,视线中透出身为制作者的严肃。

拖拉机进入农田。

装有土壤传感器的附加机器开始转动,这边的屏幕上马上显示出不断更新的土壤成分。

倒也有观众发出赞叹声,但稀稀拉拉的,与他们一开始所期待的有很大落差。

"根本比不过,这是不战而败嘛。"演示结束后,轻部抱怨了一句。

"我们的演示成功了。"岛津看完了全部展示过程,高高兴兴地说,"我觉得非常好,比'达尔文'好得多。"

这评价非常直接，直接到甚至让人感到意外。

轻部、立花和亚纪不可思议地看着岛津。

比"达尔文"好得多——天才岛津的评价让人印象深刻，连佃也被镇住了。

工作人员开始收拾场地，进入活动结束后的悠闲时段。

会场边的小摊快收摊了，岛津在那里买了一瓶可乐，呆呆地看着热闹之后的寂寞景象。

"阿岛。"

这时有人叫了她一声。

是伊丹大。他晒黑了一些，眼中多了些以前没有的锐利。岛津不禁想，那是战士的眼睛。也有可能是整天背负着绝对不能失败的压力，才有了这样的眼神。那双眼睛里还透出了一丝骄傲。

"怎么样，我们的拖拉机很棒吧？"

岛津先喝了口可乐，才开口道："你真的要把那台拖拉机拿出去卖？"

这个问题有点奇怪，伊丹眯起眼睛看着她，想知道她究竟什么意思。

"什么意思？"

"那台拖拉机的变速器是我设计的吧？"

"对，是你设计的。"

伊丹总算理解了，叉着腰露出为难的笑容。他先是低头想了想，又抬头看向稀稀拉拉的观众，最后将视线移向岛津。

"那的确是阿岛设计的，不过那款变速器的所有权归公司所有。研发费用是公司出的，专利权也归公司。"

"我不是说这个啊。"岛津认认真真地看着伊丹，"说到底，伊丹君其实什么都不懂,你是一名经营者,不是搞技术的。"

"你这是什么意思?"

伊丹的表情僵住了,目光更加锐利。

"就是字面意思。你觉得那样真的够了吗?"

伊丹凝视着岛津看了几秒。

"阿岛,什么都不懂的人是你。你乘上了一艘即将沉没的船。"他看向正在收拾的帝国重工工棚,"在无人驾驶农机上,帝国重工和佃制作所都比不过我们。阿岛,听说你加入佃制作所了?你从大学教室回到制造现场,我很开心,可是,你在佃制作所一定很无聊吧?"

"不会啊,我干得很开心。"岛津满不在乎地畅言道。

伊丹还想说点什么,但工棚那边传来了立花的声音。

"岛姐,能麻烦你过来一下吗?"

"这就去!"

岛津应了一声,冲伊丹挥了挥手,拿着可乐转身离开了。

4

"你说会上电视,害我白期待一场,结果人家只介绍了'达尔文'。"第二天早上,女儿利菜一边换台一边说。

"没办法啊,我们的演示开始前首相就走了。"佃说。

"他只看了'达尔文'?"利菜翻了个白眼,担心地皱起了眉,"你们这个样子还想明年发售,会不会有问题啊?我觉得现在要投入宣传费,让大家知道帝国重工的产品好在哪里了。"

帝国重工实力雄厚,不用在宣传方面缩手缩脚,这点比较有利。

但是"达尔文"简直不需要宣传费，他们巧妙地利用媒体免费为他们宣传。

"我们公司实在太不懂市场了。"利菜身在帝国重工内部，恐怕对此深有体会，"只擅长公司之间的交易，不够接地气。"

"这个项目是财前先生主持，他应该会想办法的。"佃说。

"问题是的场啊。那人根本没有卖东西的经验，只知道在内部搞政治游戏。"利菜牙尖嘴利地说，"而且，这次的无人农机项目，的场已经给自己找好退路了。"

"什么意思？"

这话可不能听听就算了。

"他们不是在'日本农业'上闹了个大笑话吗，藤间社长因此修正了项目的方向。今后就算失败了，就也可以说成是藤间社长对市场需求的误判导致的。事实上的场好像已经在这么说了，还说什么只要社长插手，就绝对成不了。"

还真是的场的作风。

"我说利菜啊，的场俊一这个人，究竟怎么样？"

佃问了个本质问题。这人如此贪图地位，他的本性究竟如何？

"我其实也是道听途说来的……"

利菜先声明了一句，开始讲述的场俊一的为人。

的场俊一在东京涩谷的公务员宿舍长大。

的场家在日本桥经营纺织品批发生意，是个买卖兴隆的大商户。的场的父亲是家中的三子，少年时一心苦读，考上了当时的顶级名门日比谷高中，然后考入东大法学部，是个不折不扣的精英。

父亲对什么事都很严格，对的场也管得特别严，几乎从来没有夸奖过他。

考试考了九十分，父亲会质问他为何没考到满分。获得了运动会接力赛选手的资格时，父亲也只敷衍地说了一句："还可以。"

父亲头脑虽然聪明，运动方面却不行，因此对体育活动毫无兴趣，棒球比赛直播都从来不看。他是那种真心认为跑得快并没有什么用的人，而且不会隐瞒这一想法，吝啬得不给儿子哪怕一点点夸奖或鼓励。

"俊一这么高兴，你就多夸他两句吧。"

母亲这样说，父亲则一本正经地反驳："我为什么要讨好自己的孩子？"

父亲是旧大藏省的官员，那里充满精英意识，只有这样才能畅通无阻地开展工作。

父亲备受重视，甚至被说成未来的次官候选人，仕途可谓十分顺利。

父亲认为，东大毕业的大藏官僚就是站在阶级金字塔顶端的人。他们毫无疑问是这个国家的统治阶级，肩负着引导下层群众的使命。民营企业则只不过是稍微动动手指就能毁掉的奴仆而已。

"民企那帮人只要老老实实服从我们的领导就够了。"对张口闭口都是这些话的父亲而言，的场的成绩不算理想，是个让他大失所望的儿子。

但其实的场的成绩并没有那么差，只是父亲实在太优秀了。

决定去庆应大学时，的场内心已明确形成了针对父亲的敌意。

"怎么是私立大学，你让我拿什么脸去见上司？真没用。"

真没用——这句话成了的场心中抹不去的伤痕。

对父亲来说，他只是生理学上的"后代"，除此以外毫无价值，只能换来他的轻蔑。

强烈的对抗意识开始在他心中萌芽。

"总有一天，我绝对要让他好看。"

最后，叛逆心理不受控制地演变成强烈的憎恶。

他不再与父亲说话，进入大学不久后就在东横线的学艺大学站附近租了个公寓搬进去。

大四那年，他得知父亲的晋升之路受阻。

是母亲悄悄告诉他的。

"你爸爸现在很没精神，偶尔也回来看看他吧。"

对官僚来说，晋升就是一切。

这个以大藏次官为目标的人，头一次尝到了挫败的滋味。

的场高高兴兴地答应了母亲的请求，星期日就离开出租公寓，匆匆回到了位于文京区的家。

父亲一生都走在宽敞的精英大道上，把学历和官僚的价值观视作一切，这样一个男人的落魄姿态会是什么样子呢？

父亲越沉沦，的场就越欢喜。

另外，的场还有一件事要告诉父亲，那就是他已经找到工作了。

到家一看，新年以来半年未见的父亲正坐在客厅的桌子旁安静地看书。

的场家总是很安静，从来不会让电视一直开着不关。那天也一样。

"我听妈妈说了，好可惜啊。"

他本想多多少少表现出一丝遗憾，但这话从嘴里说出来时还是带着难以掩饰的嘲笑意味。

父亲只是哼了一声，没有回应。

不过的场从他的侧脸看出了藏不住的不甘，心中痛快地骂了一声："活该！"

父亲一辈子都在朝着顶端奋斗，对他来说，今后的职场就是失去了色彩的无趣世界而已吧。极度追求权力的人被权力所抛弃，这无异于否定了他们的人生。

的场注视着郁郁寡欢的父亲，道出了今天要来汇报的事情。

"我要去帝国重工上班了。"

"哦，帝国重工，那很好啊。"母亲正好端着咖啡过来，听到他这样说便夸了一句。

父亲却再次轻蔑地哼了一声。

"民企吗？"他不屑一顾地说。

"怎么，很对不起你？"的场立刻回了一句。

"你这孩子！"母亲责备了一句。

但的场依旧用燃烧着怒火的双眼死死盯着父亲，说："只有官僚才觉得官僚了不起。"

"黄口小儿，尽逞口舌之能。"父亲嗤笑道。

尽管升迁之路已被断送，父亲的精英意识却依旧顽固。

"哪怕是帝国重工，也得遵守官僚定的规矩。没有政府许可，他们什么都做不了。民企全都这样。"

"你真觉得自己很伟大吗？"的场充满恶意地说道，"正因为你们思想狭隘，人们才会讨厌官僚。不过也可能是你思想太狭隘了，才无法晋升。"

"你说什么？！"

父亲恶狠狠地说着，轻轻放下正在看的书，怒气冲冲地看着的场。

的场咬牙道："我绝对会在帝国重工做到高管。我要让你见识见识，像你这样的官僚有多无聊。"

父亲又拿起书，没有再说一句话，仿佛的场根本不在那里。

进入帝国重工后，的场被分配到了精英齐聚的机械事业部，并做出了惊人的业绩，以同期之首的身份不断往上爬。

只要是为了业绩，他会毫不留情地排除障碍，甚至牺牲伙伴。

这一切的原动力，就是他对父亲的憎恶。这是一次叛逃，目的是打败父亲顽固的价值观。

的场成为机械事业部部长那年，父亲因脑溢血突然去世了。

葬礼只叫了近亲和几个好友，办得简单低调。

只是在合上棺盖前的最后道别时，发生了意想不到的事情。

的场看到沉睡在棺木中的老父亲，心中突然涌出了一股连他自己都不敢相信的悲伤和愤怒，忍不住大哭起来。

无止境的哭泣声让所有到场的人都吃了一惊，那声音仿佛能穿透屋顶。

让的场失控的不只是悲伤，还有无措和一种丧失感。

他是靠着对父亲的憎恶和要报复他的决心才走到现在的地位的。

可是父亲直到最后都没给他一句好的评价。

每次升迁，的场都会假装漫不经心地告诉母亲，而母亲不可能不对父亲说。

可是父亲从未给过反应。

直到去世，父亲都没有对的场的奋斗给予只言片语的评价。

对父亲来说他究竟是什么？

今后他该怎么活下去？

只要一句话就够了。他只要肯定了的场的工作和人生，的场就能得到救赎。

可是父亲死了，这永远不可能了。

葬礼结束，在火葬场等候火化时的场一直处于呆滞状态。直到捧着骨灰盒与母亲回到父亲退休后买下的小公寓后，他才从混沌状态中回过了神。

"老爸到底是怎么看我的呢？"的场把骨灰盒放在小佛龛上，低声说道。他不是在询问母亲，只是在自言自语。

"他对你没什么看法。"母亲一脸疲惫地握紧念珠，双手合十，"他对你，还有对我，都没有任何看法。你爸爸脑子里始终只有他自己。"

的场一脸愕然，目不转睛地盯着母亲。

这是他头一次听母亲说父亲的不好。

身为官僚的妻子，母亲一辈子都谨言慎行，甘心奉献，可谓传统贤妻的典范。而的场现在听到了她的心声。

"所以，你只要按照以前的样子生活就好了。"

母亲盯着佛龛，握着念珠的双手放在膝头，侧脸透出坚毅之色。

"而我呢，事到如今，也改变不了生活方式了。不过人生其实就是这样，有时候你觉得自己不该这么活，到头来却发现那正是适合自己的活法。"

母亲的话给的场带来了极大的冲击，也打消了他的迷茫和悲伤。

他决定，今后的场俊一将依旧是那个的场俊一。

* * *

"对父亲的憎恶成了工作的原动力,这只能说是悲剧啊。"听完利菜的讲述,佃一脸疲惫地摇摇头,"可是利菜,这些你是从哪儿听来的?"

"我有个同事,跟的场共过事,听说的场喝醉了会对下属讲这些事。被迫听他念叨的人也很惨啊。"

"的场先生是希望得到同情吗?"

"可能是希望别人理解他的做法吧。"利菜说,"可是,就算勉强能理解他的人生经历,我觉得也不会有人产生共鸣。"

留下这句话后利菜就出门上班去了。

佃想起财前以前也是的场的下属,那天财前对佃说起一些事时表情之所以那么复杂,可能是因为他知道的场的经历吧。

又过了一个多月,财前过来告知帝国重工已经定下无人农机的销售计划了。

"已经确定了正式发售的日期。因此,从今年十月开始接受订单,明年七月交货。"

"总算定下来啦。"佃一脸严肃地说。

在此之前已经定好了生产计划,佃制作所位于宇都宫的工厂也开始准备了。

"阿尔法一号"现进入最终测试阶段,需要解决的问题基本都解决了。综合各方情况,十月发售算很快了。

然而——

"有个问题,"在帝国重工的会议室召开的碰头会上,财前表情阴沉地说,"大约两天前,市场部负责人到山谷的代理店去打听了一圈,得知'达尔文'的交货日期提早了三个月左右。"

"之前不是和我们一样在七月吗?"

先前得到的消息确实如此，帝国重工的销售计划也是综合考虑了竞争对手的动向而决定的。

"现在'达尔文'应该是四月开始就陆续出货了。"

"这很糟糕啊。"

佃忍不住皱起了眉。

"达尔文"本来就在人气方面占上风，如果出货时间也比他们早，那即使同时开放预订，也可能被他们抢走顾客。

"我们回去讨论一下能否加快生产日程，跟他们同步交货……"佃说道，心里算了算工厂那边的生产计划。如果要四月交货，就要大幅修改生产计划，但即便如此，要提前这么久，也基本是不可能的。

"我有个猜测。"财前说道，"我们可能被耍了。"

"您是想说，'达尔文'一开始就打算四月出货，是按此计划安排生产的？"佃吃惊地问。

"有可能。"财前点点头，"我们事先得到的消息确实是他们将于明年七月交货，然后几天前代理突然接到通知，说临时决定提前到四月。他们可能是一直盯着咱们的举动，再打出相应的对策吧。"

当然，眼下谁都不知道事实究竟如何。

不过"达尔文"项目是出了名的"滴水不漏"，他们完全有可能一开始就定了一个"双重计划"，利用假情报来诱骗帝国重工落入圈套。

财前正色道："既然发售日定下了，我们肯定会大力宣传。佃先生，其他的就拜托您了。"

可是这样能留住多少顾客呢？

不到真正发售的时候佃和财前都无法预测。

5

董事会上，织田专务针对的场问道："听说无人农机的预订情况很不理想啊，你能解释解释为什么吗？"

在众多董事的注视下，的场先小声说了句"十分抱歉"，接着陈述道："我们的竞争对手突然提早了出货时间，导致原本预计会购买本公司产品的农户流失到了那边。另外，'达尔文'不仅与农林协合作代销，还与大型农机厂商山谷合作，在他们遍布全国的销售代理店进行销售。然而本公司专为销售该产品设立的'帝国农业'团队尚未充分发挥实力，销售渠道目前基本上只有农林协。在这方面双方的差距也比较大。"

不管原因是什么，开场算是惨败。然而与会董事们可都不是一句"对不起"就会放过他的人，只听的场继续道："此外，该项目一开始的定位是大型农业机器人，但中途改成了小型农机，与'达尔文'直接形成竞争。我拿到的报告称，这种混乱生产也是原因之一。"

听到这里，几名董事不动声色地看了藤间一眼。如此一来，的场就避开了可能针对他的责问。

"现在不是刚开始销售吗？"藤间一脸严肃地说道，"虽然有农户见识到了无人农机的实力，但多数目前还处在观望状态。而且现在无人农机还受《道路交通法》和农林水产省的限制，无法充分发挥实力。"

藤间说得很有道理。

"真正划分天下的战斗，要等到这些问题解决以后才算展开。在此之前，你应该先抓紧时间架设好销售网络，注意农户们对咱们农机的评价。这不是一场短期决战。"

会后，的场原本心里还有点得意，没想到遭到了冲田会长的训斥。

"太天真了。"

冲田把的场叫到会长室，上来就一脸不高兴地骂道。

"你可是下一任社长的主要候选人，结果呢？等待法规完善？不是短期决战？你觉得你能这么任由他优哉游哉的吗？而且这不就等于暗中认可藤间的路线了吗？"

的场被戳中痛处，不由得咬住了嘴唇。

"我之所以认为你能当社长，是看中了你绝不妥协、快刀斩乱麻的办事手段。不仅是我，所有董事都看中了你这方面的能耐。你给我好好利用这项优势。越是身处逆境，成功之后作为管理者的人望就会越稳固。我不管这有多么强人所难，多么史无前例，总之，你就是要不择手段地把路开出来。"

冲田又再三强调道："这才是的场俊一的做法啊。你赶紧找回自己吧。"

看来冲田是真的动怒了。他的斥责好似黑暗中射出的利箭，出其不意地击中了的场。

他说得没错。

对的场来说最重要的事就是坚持去做的场俊一这个人。这也是那天在父亲的遗像前他所做的决定。

"虽然局面很艰难，但我会想尽一切办法开出一条路来。"

的场深深弯下腰，心中已经想到了一个主意。一个符合的场俊一风格的主意。

走出会长室后，的场径直去了制造部部长奥泽的办公室。

"把和制造部有合作的，又参与了'达尔文'的公司全列出来。"他一进去就来了这么一句，吓得奥泽站起身来。

"列这个是要……"奥泽话刚说到一半,就被的场用目光顶了回去。

"我们没必要让支持竞争对手的公司赚钱。"

"您的意思是,把他们都除名?"

奥泽难掩心中的慌乱,他可能首先想到了可能引发的混乱。的场其实也很清楚,可他现在要做的,就是不顾一切,强行展开一场对决。

"重审合作条件。"的场说,"压低采购价,谁不答应就撤单。"他的命令向来不允许任何人说"不行"。

"我马上列名单。"

"交给你了。"的场留下这句话,快步离开了奥泽的办公室。

6

"达尔文"的发售纪念派对十分热闹。

参加派对的人大多是支持或参与该项目的中小企业代表,主要来自京浜地区,约三百家。

"开场就很顺利啊!目前预订量已经突破一千台,这多亏了各位的大力支持,在此我要表示由衷的感谢。"代达罗斯的重田登志行热情发言,"但这还只是开局。我们没有钱,但有智慧和随机应变的能力。今后就让我们进一步向全日本展示中小企业的技术实力吧!"

伴随着他的发言,大屏幕上映出了"达尔文"的特写,参与者们爆发出热烈的掌声。

随后,地方议员荻山仁史站起来发起第一次举杯。

"在我们京浜地区一直支撑着日本产业的工匠们,今天终于成了主角。整个日本都在为这一飞跃喝彩，甚至惊动了浜畑首相，批准我们进入ICT农业推进项目。我认为这是一件大快人心的好事。各位务必借此机会，向日本，乃至全世界展示我们的技术实力。祝'达尔文'获得越来越大的成功，也祝各位大获全胜——干杯！"

接着，屏幕上开始播放"达尔文"的现场展示录像。画面上出现了浜畑首相，看来放的是北见泽市的那次展示。接下来又切换到在"日本农业"上的展示。看到帝国重工的拖拉机翻倒时，会场沸腾了。

"我们的竞争对手更擅长湿身啊，这还是我头一次见想在农田里学游泳的农机。"地方区长的调侃让众人爆笑。

纪念派对俨然一场庆功会。

每次出现介绍"达尔文"的新闻或资讯类节目的影像时，会场就会一阵沸腾，掌声不断。看到最近一个月"达尔文"的预订表时，呈直线上升的火爆情况引来场上众人的阵阵惊叹。北堀制作的幻灯片上还加入了帝国重工的预订情况进行比较，一眼就能看出"达尔文"占据压倒性优势。

"好热闹啊。"

幽灵传动的柏田躲在会场一角，被眼前的气势给镇住了。

他旁边的堀田却看着热闹的人群，眼神冷漠，低声道："可别变成空欢喜一场就好。"

"您是在想那件事吗？"

堀田的声音被会场的喧嚣所掩盖，但柏田听见了。

又有一家试用农户打电话来报告异常。

机器突然一动不动了，我们这里今天必须完成作业，你们说怎么弄吧？

是千叶县的一家蔬菜种植户。

由于电话上没能解决，堀田不得不亲自用卡车拉了一台替换机器过去。

他本希望问题能当场解决，但这个想法太天真了。经过一个小时的检查，他最后还是把出了问题的拖拉机运回了幽灵传动。

"纪新应该修复过自动巡航控制程序的错误了。"

柏田疑惑不解，堀田没有应声。

这场派对的庆功气氛越浓厚，他就越无法控制心中的寒意。

恐怕还会发生更可怕的问题。整个试用阶段堀田都无法打消这个念头，一直持续到现在。

"帝国重工的拖拉机也会无缘无故停下吗？"

"谁知道。"

堀田歪着头，暗中观察正愉快地与来宾们交谈的冰室的侧脸。

"不过那边有岛姐。假设岛姐在我们这边，现在肯定不会优哉游哉地喝酒吧。她一定已经把变速器全部拆开，不找到问题绝不罢休。"

堀田说完，把手上的橙汁放回桌上，说道："我们回去吧。"

"堀田先生这就要回去了？"柏田惊讶地问。

"我总觉得有问题，想回公司看看。"

堀田走出派对会场，拦下一辆出租车，报出了公司所在的地址。

7

翌年四月，两台拖拉机在广阔的田野上行驶。

前面那台是无人驾驶拖拉机，旋机不断翻动泥土，另一台拖拉机则在后方十米处播撒种子。坐在那台拖拉机上驾驶的人，是殿村认识的近邻农户家的二儿子。他还听说最近那家农户也加入了稻本他们的农业法人。

而且，看来稻本的农业法人抢先采购了"达尔文"的传闻是真的。

前方那台红色拖拉机应该就是"达尔文"。只见它自动行驶到农田边缘，缓缓调了个头。

由于农林水产省从安全角度考虑，建议无人农机不得单独运行，于是目前只能以这种类似"对接"的方法使用。

"那就是'达尔文'吗？"

今天殿村带父亲去医院检查，回来的路上恰逢这一幕，便把车停在农道边看了看。正弘看了一会儿，不甘心地说："佃先生他们被别人抢先了啊。"

"听说佃那边是七月出货。"殿村再次发动卡车，把佃之前告知他的信息告诉了父亲，"他们为了感谢我们家借农田，说要免费借一台给我们试用。"

"什么？竟然不是白送吗？太小气了。"

"不送其实更好，只是借的话，维修费用由他们承担。这是人家在替我们着想啊。"

"原来如此，不愧是佃先生。"

正弘嘴上感慨，表情却依旧不高兴。

"不过，他们出得有点晚了吧。"他说出了心中的想法，"本来评价就不如人家，真希望他们至少能在这方面占到先机啊。"

"听说'达尔文'的发售时间一直保密，还故意让竞争对手以为他们会更晚发售。"

"哦，看来城镇工厂的人很有手段嘛。"

正弘的语气掺杂着感叹和讽刺。

"怎么了老爸，你不喜欢'达尔文'？"

他们把农田借给帝国重工当试验田的消息已经在周围传开了。受电视和其他媒体的影响，"达尔文"人气很高，所以反过来偏袒大企业的殿村父子遭到了人们的冷眼。

而且，那次水灾使许多农户蒙受了重大损失，唯独殿村家因为把农田借给了帝国重工，得以补偿了经济损失。虽然这些都来自佃的好意安排，但也有不少人嫉妒不已。

殿村认为，不能将原因归结于这里是农村。就算在大城市，在公司组织中，也会发生同样的事。殿村当了这么多年白领，也经历过几次类似的事情。

有人想背后议论，就让他们议论去吧。

人类在自身的历史中曾与各种各样的歧视和偏见发起战斗，可那些东西绝不会彻底消失。最终人们只学到了一些表面功夫，给歧视和偏见披上一层社会性外衣。

"倒不是讨厌，只是气不过。"

"这有什么不一样吗？"殿村呛了一句。

父亲看看窗外，又转头盯着上衣口袋皱起了眉。他可能想抽烟，又想起医生让他戒烟。

父亲又开口道："那些电视上追捧的人，我就是喜欢不起来。你说你又不是艺人，还把一国首相给搬出来，也不琢磨琢磨意义，就是博取收视率的工具罢了。这是搞什么嘛。"

"可是媒体连提都没提帝国重工一下呢。"

"听说几乎没人预订。"父亲连这都知道，殿村不由得吃了一惊，"我问了农林协的人，他们是这么说的。据说农林协也推荐'达尔文'，说是有首相背书。"

帝国重工的产品其实性能要更好。

可这并不能改变大众的评价。

问题不在于性能好坏，而是人们的好恶。

"希望他们能加把劲儿啊。"

原来父亲还专门跑到农林协去问帝国重工的预订情况了。不知不觉间，他已经比殿村还热心帝国重工，不，应该说是热心佃制作所，成为其支持者。

殿村想，这一切都是因为佃航平的个人魅力。

只要跟佃制作所那些满腔热情的人说上几句话，无论是谁都会喜欢上他们。

现在才刚开始，要加油。

殿村握着方向盘，又一次在心中默默给他们打气。

第八章 帝国的逆袭与模式转变

1

七月初，刚从帝国重工生产线上下来的务农机器人开始分送到各个预订农户手中。比"达尔文"迟了三个月。

研发代号"阿尔法一号"在成为正式商品后被更名为"陆鸦"，为了与准天顶卫星八咫鸦配对。

帝国重工的计划是先发售无人拖拉机，继而在夏末发售无人收割机。如此短期内积极投放新产品，是为了挽回之前被落下的距离，由此也可看出帝国重工严阵以待的态度。只是——

"陆鸦"的销售情况从开放预订开始就远远达不到计划量，而且至今仍没有好转的征兆。销售情况不佳直接影响到外包商佃制作所的业绩。

"他们得多多宣传啊。市场根本毫无反应。"

营业部的津野说得有道理，然而宣传部分由帝国重工全权负责，佃制作所无从置喙。

他们早已做好了苦斗的准备，但因为期待很高，此时公司内部的失望情绪也很严重。再这样下去，"达尔文"恐怕要占领整个市场了，所有人心里都装着这样的危机感。可就在这时，一个意想不到的"传闻"出现了。

"听说'达尔文'出故障了。"营业部的垫村在例会上说出了这一消息，"说是好多人用着用着机器突然熄火了。"

他是从参与"达尔文"项目的合作商那里打听来的。

"还听说农林协已经回收了好几台拖拉机，都送到幽灵传动去了。"

"原来那边也出了这个问题啊……"佃说道。

"那个,"营业部的村木昭夫插嘴道,"我想说件跟故障没关系的事。听一家参与了'达尔文'项目的公司说,最近有好几家公司离开了该项目组。"

村木带来的情报让会议室陷入了讶异的沉默。

"这是怎么回事?"津野带着难以释然的表情说。

"是不是内部闹矛盾了?"佃看着会议室里的众人,"这件事要是有新进展,记得马上告诉我。"

2

"那是什么意思,能告诉我理由吗?"重田控制不住声音里的怒气,问道。

在兼作"达尔文"项目总部的代达罗斯公司,一个名叫大桥的人正一脸为难地坐在会客室的沙发上。

大桥在大田区北千束经营一家名叫"大桥涂装"的公司,他今天来找重田,开口就说想离开"达尔文"项目。

这个要求来得非常突然。

"就是……"大桥避开重田的目光,盯着搭在膝头的双手,"我考虑了很多,我觉得,其实不一定必须由我们来干吧。于是我就想,反正最近这么忙,就不来这边了。"

忙是真正的理由吗?是不是有什么怨言没有说出来?重田凝视着大桥的脸,心下怀疑。

"贵公司的涂装技术是该项目不可或缺的一部分,怎么可能随便什么公司都能行呢?您现在退出,我们会很为难。"

这是事实。

大桥涂装的技术在这一带首屈一指，像拖拉机这种大件物品，重田一时半会儿真想不出有什么公司能代替。

"您为难我也没办法啊……"大桥皱着眉说，"我们也想尽量帮忙，可是这活儿不仅费时费力，还赚不到什么钱。老实说，就算'达尔文'成功了，我们也得不到多少好处。这太不划算了。"

"社长，请您再考虑考虑。"重田坚持道。

"达尔文"项目当初是以宣传京浜地区城镇工厂技术实力的名义召集来这些合作公司的，零部件的制造和加工价格都压得很低，确实赚不到几个钱。这么安排也是为了在与帝国重工的"陆鸦"竞争时有价格优势。

"我们都是为了地方企业的发展。即使眼下赚不到太多，用长远的眼光来看，一定能有所回报。哪怕是为了全国各地支持'达尔文'的农户们，也请您继续干下去。拜托了。"

"不是，不是，您这样可不行。"

看到重田深深低下头，大桥慌了。

"您说的我都懂，但我也要做生意，也有自己的难处啊。抱歉，今后不能再跟您合作了，就这样吧。不好意思。"

大桥站了起来，不顾重田的挽留，逃也似的离开了代达罗斯。

只剩下呆然目送他的重田留在原地。

大桥是第五家公司了。

"达尔文"是个大项目，约召集了三百家公司参加。其中会有一部分成员离开并不奇怪，甚至可以预见。应该说重田很惊讶此前竟然一直没有人离开，反过来说这也证明了"达尔文"的成功。

可是为什么在这个节骨眼儿上不断有人离开？

这到底是怎么回事……

重田感到难以释然，因为那几家公司离开的理由他都无法理解。

确实，大家都很忙。订单价格也的确压得很低。

可是仅仅因为这个就连续有公司离开，这也太奇怪了。

肯定有鬼。

几天后，重田得知了真相。

"重田先生，您现在有时间吗？"

电话里伊丹的语气很慌张。重田回答他今天都在公司，对方马上赶了过来。

伊丹一走进代达罗斯的社长室就一脸愤然地说："刚才高冈机械的高冈社长到我公司去了，说要离开项目组。"

怎么会这样？！

重田哑然，伊丹又说出了意想不到的话。

"重田先生，这是的场在搞鬼。"

重田一时无言以对。

"什么意思？"过了一会儿，他压低声音问。

伊丹解释道："我实在难以接受，就逼着高冈社长说了实话。原来是帝国重工向他们发出通知，说如果继续与'达尔文'项目合作，就要更改与他们的合作条件。而且，听说他们对所有外包商都发了这样的通知。我又从帝国重工的熟人那里打听到，发出这项指示的人正是的场，不会有错。"

重田瞪大了眼睛，脸上渐渐流露出怒容。

"对高冈来说，要是帝国重工取消了订单，将会是一大打击。但只要不跟我们合作，他就能规避这一风险了。"

伊丹一拳打在沙发垫上。

"那么大桥先生之所以离开……"

"他们也跟帝国重工有不少合作。尽管他们用了不同的借口，但其实都是受到了来自帝国重工的压力——这就是真相。"

重田心中涌出一股怒火。

"高冈机械退出的影响大不大？"

被重田一问，伊丹按着眉骨，露出了苦恼的表情。

"寻找替代者要花点时间。首先要跟好几家公司打招呼，报价，然后还要确认品质，光这些就得一个多月。"

高冈机械是幽灵传动的主要零部件供应商。

"目前库存只能支撑一个半月，搞不好生产线要停摆。"

重田目光锐利地盯着虚空，那是被人出其不意地砍了一刀，正在怒视对方的武士的眼神。

"的场打算破坏我们的供应链，让我们无法生产商品。"伊丹说着。

重田瘫在沙发上，闭起眼睛陷入了沉思。

"达尔文"项目组是以对外宣传城镇工厂技术实力的口号聚集起来的集团，算是个松散的共同体。

在共同制造"达尔文"这件事上虽然订立了合约，却没有约定毁约的惩罚条款。

"情况我都了解了。我想明天傍晚再跟您谈谈，您有时间吗？"重田说完停下来顿了顿，随后目光凝重地看向伊丹，"明天我想给您介绍一下我们的法律顾问。"

"法律顾问？您打算干什么？"

伊丹问了一句，重田却没有明确回答，只说："总之您来就好了，具体情况到时候再说。"

重田到底在想什么？

第二天傍晚，伊丹如约来到重田这里。刚走进会客室，一看到跟重田相向而坐的人，伊丹就无语了。

"哎呀伊丹社长，之前给您添了不少麻烦，看到您还这么活跃，我就放心了。"

那个人一脸假笑地站起来，伊丹露出了困惑的神色。

重田昨天说了法律顾问，可这人并不是律师。因为伊丹很清楚，他之前参与非法交易，已经被剥夺了律师资格，而且还被判了刑，是个前科犯。

"你怎么在这里？你什么时候出来的？"

伊丹忍不住皱起了眉。

"三个月前刚出来。"

那人回答完，从西装内袋里掏出名片，递给伊丹一张。

代达罗斯股份有限公司 法律顾问 中川京一

"事情就是这样，伊丹社长，今后请多指教。"

中川殷勤地冲伊丹鞠了一躬。

3

"城镇工厂的拖拉机'达尔文'停止出货"——这个标题给佃和底下的员工们带来了巨大的冲击。

所有人都怀疑自己的眼睛出了问题，同时也感到一丝诡异。

星期五晚上，佃招呼员工们到公司附近的居酒屋二楼包间聚餐。这是佃制作所的周末例行活动，采取自由参加制，每人每次交三千日元，超支的部分由佃来支付。

"我很想说活该！只是我自己也高兴不起来啊。"

津野一脸忧郁，仰脖喝光了杯里的啤酒。

的场俊一向参加"达尔文"的合作商施加了压力，他们事后打听到了这一惊人内幕。

"的场先生算是发挥了看家本事吧。"山崎嘲讽道，"直接对弱小的对手发起攻击，把他们打散。现在搞得我们好像帮凶一样。"

"为了功绩不择手段——这是的场的作风。"佃也一脸凝重地看着天花板，"我不赞成这么做。听财前先生说，制造部其实也对这一方针怀有疑问。不过那是的场先生亲自下的令，没人敢反驳，只能乖乖服从。"

"这种破坏工作能管用到什么时候很难说啊。"唐木田冷静地评价道，"就算现在把别人逼得停止生产，顶多也就管用一个月吧。无非就是拖延了一点时间而已。"

"他就是想趁此机会奋起直追吧。"津野皱着眉说，"听说他一边打出这种卑鄙战术，一边在内部号召加紧营销。我们也要忙起来了。"

这相当于把"助力日本农业"的宗旨扔到一边，先展开眼前的利益争夺战。

漂亮话虽然不能当饭吃，但这样就好吗？佃又一次深切体会到经营公司的艰难。

这是一场生意，就算是为了日本农业，他们也注定要被卷进帝国重工与"达尔文"的激烈交战中，难以保持中立。

不管佃和员工们怎么想，佃制作所都只能作为帝国重工一方的主要成员，继续战斗。

"当外包商好苦啊。"津野有点自暴自弃地说。

"就是。"佃也点头。

"说到底，的场先生就是看不上技术。"岛津冷冷地说，"其实就算不用这种卑鄙手段，我们的发动机和变速器也能胜过'达尔文'。"

"帝国重工的人说的场先生很焦虑。"江原说，"虽然外面都说他是下任社长，可是出了《波尔多周刊》那件事，又在无人农机事业上遭遇意料之外的苦战，听说他的靠山冲田会长把他给狠狠骂了一顿。"

现在的场已经没有退路了，佃不禁这样想。

"没想到竟然这么顺利。"

的场冷笑着把报纸摊开，露出"达尔文"停止出货的大标题。

"外包商全都瑟瑟发抖，对我们言听计从。"奥泽带着赞叹的表情说。

"那帮外包商，不过如此而已，没了我们就活不下去。"的场高傲地放言。

他这种轻视外包商的"主子意识"就是在机械事业部里培养起来的。

那时他曾把合作会重要企业重田工业搞垮，因为方法过于激进而遭到了公司内部的批判，还被媒体说成外包商杀手。针对这些反应，的场采取了两个行动。一是把责任推给负责对接重田工业的伊丹大，逼他离开了机械事业部；二是不直接取消与外包商的合作业务，改为对其进行残酷压榨。

表面看来尊重了帝国重工重视外包商的传统，实际上强加了许多严苛的条件，比如为提升收益大刀阔斧地实行成本削减，这让他赢得了欺负外包商的恶名。

这个政策成功后，的场就彻底改变了对外包商的看法——只要用力敲，就能让他们言听计从。

这与帝国重工一向尊重合作商的公司文化截然相反，正是如今隐藏在友善背后的真相。

现实中并没有多少像重田工业这样有"骨气"的公司，合作公司的社长们目睹了被的场宣判死刑后重田工业的惨死，全都被吓住了。

的场就成了跟封建领主差不多的角色，而外包商不过是一群被他玩弄在股掌之中的小农户而已。

的场自己并没有发现，他的做法其实与轻视民营企业的父亲相差无几。归根结底，的场还是被父亲同化了。

"预订了'达尔文'的农户好像越来越不安分，还有人取消预订了。"

的场看到自己安排的战略获得了如此成果，露出得意的表情。

"听说'达尔文'那帮人想把我彻底搞垮。"的场讽刺地笑道，"上回重田工业的重田这么对我说的。"

"是北见泽那次吗？您这么一说，我也想起来，他确实说过很没礼貌的话。当时伊丹也在场吧？"

"嗯，那家伙也在场。"的场恶狠狠地笑了，"但这是我的台词啊，被彻底搞垮的是他们。我要让重田和伊丹再见识一次忤逆帝国重工会有什么下场。"

4

七月末，殿村家总算收到了帝国重工生产的无人农机"陆鸦"。

"终于来了。"

正弘比殿村还迫不及待，盼着帝国农业的货运卡车赶紧开到家里来。他跌跌撞撞地跑出大门，匆忙中连左右脚的凉鞋都穿错了。

橙红色的新型无人驾驶拖拉机端坐于殿村和正弘两人面前，反射着耀眼的夏日阳光。

"喂，你快开起来让我看看。"

销售员笑着满足了正弘迫不及待的要求。

"这响声真不错，真不错！佃制作所的发动机果然好，对吧，直弘！"

"老爸，你懂这东西吗？"

殿村无奈地笑了笑，其实心里特别骄傲。

因为他很清楚制作这台发动机的人有多么热情、多么真挚。

他们每天都要面对各种各样的难题，不断发起挑战，希望做得更好。每一台发动机都融入了他们的灵魂，被送到等待着的人们手中。

对以前的农户来说，拉犁的马就像家人一样。现在，拖拉机就是每位农户必不可少的好搭档。

佃制作所给殿村送来的无人农机"陆鸦"有七十马力，还装有ICT农业最尖端的设备，分析土壤成分的作业机。

首先，帝国农业的销售负责人要将殿村家农田的地图数据输入到电脑中，接着设定作业内容和时长。然后花半天时间讲解使用方法，加起来要耗时一整天。

殿村本以为只有自己听，没想到平时连智能手机都玩不转的父亲也跟前跟后地学习操作，还看着电脑认认真真地听起了讲解。

"这些我到时候再教你，你先歇着吧。"

但是父亲并不答应。

"不，我也要听，我也想听。要是学会了这个，将来我也能继续种稻子了。你接着说。"

帝国农业的销售负责人也吃了一惊，还有点感动。

"要是您有不太明白的地方，请尽管提问。"

然后他便按照说明书继续热情地讲解起来。

大约两周后，正弘突然说："农业说不定就像加拉巴哥群岛一样啊。明明有这么多事情可以做，却被进步的世界抛在身后。那个卫星叫什么来着？"

"准天顶卫星八咫鸦。你是想说多亏了那个吧？"

很多看似永不开启的大门其实都在等待一个契机，大门一旦打开，淤塞的泥浆就会如决堤一般流出。

八咫鸦正是那个契机。

定位误差仅仅几厘米。这个精度改变了农业，让人们发现农业新的可能性。

殿村突然回忆起在佃制作所度过的日子，心生感慨，许久都没有回过神来。

有人在追逐发射大型火箭这个梦想，而正是这个梦想将准天顶卫星八咫鸦送上了太空，又回过头来拯救了被老龄化所困的日本农业。

乍看毫无关系的努力和热情结合在了一起，为碰壁的人们带来了勇气和帮助。殿村发出了由衷的敬意和赞赏。

这台拖拉机被运来之前，殿村还处在半信半疑中——可能还是什么都改变不了。

但事实上，"陆鸦"让殿村家从根基上发生了改变。

父亲又开始下地了，每天都在体验足以让他这个经验丰富的农户也大吃一惊的新发现。他发现拖拉机收集到的精确数据和长年从事稻米种植的资深农户的直觉之间竟存在着巨大差距。

父亲之前完全靠目视和皮肤的感觉来决定那天要做什么农活。是给水田灌水还是施肥，一切都靠他自己判断。

可是现在，曾经依靠直觉决定的事情变成了数据出现在电脑上，供客观分析。

"我的直觉差不多四个里有一个是错的。"正弘这样说道。

直觉误差导致判断失误，最终影响产量。

ICT农业所表现出的效率并不只是减少农耕作业量，还能提高农田产量。这是殿村学到的知识。

佃之所以把机器借给殿村使用，想必是希望他把这个意义分享给其他农户。

"殿村啊，殿村。"

殿村正推着除草机在田埂上除草，听见有人叫他，就把遮阳板推了上去。

是稻本，他的卡车上还坐着农林协的吉井。后来又有一些人加入了稻本的农业法人，他们成了这一带最大的农业集团，也是农林协最大的客户。

"那是啥？"稻本朝农田里行驶的"陆鸦"努努嘴，"难道是帝国重工的？"

"没错。"

殿村没有关掉除草机，用搭在脖子上的毛巾擦了擦脸。

"在哪儿买的？"吉井尖声问道。他可能想说农林协也出售"陆鸦"，为啥没到他那儿去买。

"租的。"殿村不喜欢无谓的争斗，便这样回答道。

事实上他们属于无须支付租赁费的试用农户，但解释起来太麻烦了。

"听说帝国重工的又贵又不好用，那玩意儿能动吗？"稻本不屑一顾地问了一句，但不是在问殿村，而是吉井。

"谁知道呢，我们那儿基本没卖出去，我也不清楚。我还上网查了，结果全是翻车的视频。"吉井嘲笑道，"不过殿村先生毕竟是帝国重工的'信徒'，不得不用啊。"

"我是想用才用的。"

殿村说完，稻本和吉井同时大笑起来。

"说得真好听，只怕是不服气吧。"稻本的笑声背后隐藏着对殿村的恶意，"其实你是想用'达尔文'吧，现在肯定后悔死了。"

跟这种人争吵没有意义。殿村放下遮阳板，不再理睬他们，继续推起了除草机。

5

静冈县浜松市郊外。

大型农机厂商山谷的工厂坐落在一片广阔的土地上。

秘书敲了敲厂长室的门，带了一个人进去。此时是早上八点半,工厂的一天开始得很早。

是南云贤治从总部的销售部赶了过来。

"厂长,今天拜托您了。"

南云课长负责中部地区的业务,接下来要到酒店去迎接前来参观的水稻种植户,从十点开始参观工厂。他还希望入间厂长能在午饭时间与客人同席。

南云一早来找入间,是想提前告知客人的信息。

"今天一共来三个农户,每家都有面积十町步左右的地,很专业。他们使用的拖拉机都老化了,想换新的,我打算向他们大力推荐那款新型拖拉机,届时麻烦您配合。"南云低头拜托道。

"他们该不会又说想买'达尔文'吧?"入间听完开玩笑道,"我知道那东西很有人气,但是请饶了我吧。"

"达尔文"也借用了山谷的销售渠道,但因为不是纯正的山谷的产品,所以就算卖出去,也赚不了几个钱。而山谷负责为"达尔文"制造车身,所以来工厂参观时那道工序广受欢迎。如果有人提出要求,他们还会播放"达尔文"的展示视频。

"我希望不会变成那样。"对于客人的意向南云似乎也很难把握,"不过,现在考虑换拖拉机的农户,没有一家不谈论'达尔文'的。"

"那肯定啊,炒得那么火。"

入间表示理解。

"只是'达尔文'有点问题……"南云说了句让入间有点在意的话。

"你是说暂停生产吗?报纸上好像提到了。"

由于零部件供应跟不上,"达尔文"暂时停产了,重启时间未定。入间觉得顶多一个月,就差不多了。

"我看报纸上说是零部件供给跟不上进度，到底是怎么回事啊？构筑供应链不是幽灵传动最拿手的吗？"入间问道。

幽灵传动的社长伊丹大就是靠这个本事起家的，并且获得了成功。

"好像是帝国重工在背后捣鬼。"南云道出了意外的信息，"帝国重工推出了'陆鸦'嘛，就给参加'达尔文'的外包商施加压力，逼迫他们退出。"

"什么压力？"入间问了个关键问题。

"好像是暗示若不退出就重新审核合作条款。对此帝国重工当然是发出了封口令，但消息还是一点一点传了出来。毕竟肯定有外包商心怀不满。"

"这可糟糕了，搞不好会搬起石头砸自己的脚。"入间想了想，又说道，"而且'陆鸦'还是那么好的产品，真可惜。"

"没想到能从厂长口中听到对'陆鸦'的好评，我真是太幸运了。"

南云是出了名的嘴巴甜。

"在我个人看来，'陆鸦'的发动机和变速器都更胜一筹，不过他们的价格也更高。问题就在这里。"

"关键就在于'陆鸦'有没有让农户们觉得值的性能，对吧？"

"没错。另外，'达尔文'毕竟是代达罗斯和幽灵传动合作的产物，价格方面的优势可不止一点半点。"

"其实我刚才想说的问题也包括这个。"南云压低声音道，"目前'达尔文'出了好几个故障报告，就算是初期商品，故障的数量也着实多了点。"

"是吗？"

这倒是头一回听说。

入间认真地问："都是些什么故障？"

"一个是通信方面的，自动巡航控制系统有时候会突然死机。另外一个比较严重，是拖拉机会突然停止不动。这只是反馈到我们那边的报告，农林协那边可能也收到了同样的报告。"

"停止不动是什么情况？"

"作业中突然熄火，然后机器再也不动了，最后只能由销售点派人去回收。"

"怎么个不动法？"入间作为搞技术的人，问了更深入的问题，"换成人工驾驶也不动吗？"

"没错，发动机倒是能发动起来。"南云回答。

"难道是变速器出故障了？"入间嘀咕道，"'达尔文'那边知道这件事吧，是怎么回应的？"

"说故障原因可能是变速器，但他们推测诱因是纪新那边。"

"还没找到具体原因啊……"入间皱起了眉，"这种故障，应该在试用阶段就出过了，怎么还没查出来。"

"您说得没错。不过当时判定的原因是纪新那边的程序有漏洞，然后量产前他们修复了漏洞。据说现在纪新正在重新检查程序……"

南云不愧是主管销售的区域负责人，对这些情况了如指掌。他掌握着销售网、顾客信息和业界动态，可以收集到各种各样的情报。

"最近我还听说了一个传闻，说纪新这个公司本身也有点问题。"

南云道出了北海道农业大学野木教授的那件事。

"大家都在传，说纪新使用的基础程序是他们之前以产学合作的名义派研究员去偷来的。不过那件事发生在七年前，而之后野木教授还在继续研发，拉开的差距可能会转化成两款无人驾驶农机之间的差距。"

入间摸着下巴陷入了沉思，表情复杂。不一会儿，他抬起头问道："故障情况早濑君清楚吗？"

早濑是山谷的董事，是营业部主管。

"要是他还不知道，麻烦你尽快递一份报告上去。还有，南云君……"入间补充了一句，"一定要请今天的客人买我们家自产的拖拉机，别买'达尔文'。"

6

堀田一脸凝重，在角落席位与伊丹相对而坐。

二人在蒲田的一家日料店，伊丹经常光顾这里。店很小，只有七个吧台座和两张餐桌，现在店里只有他们两位客人，无须担心被人偷听。

桌上摆着刚端上来的刺身拼盘，可堀田和伊丹都没动筷。堀田手上拿着一份报告书。

"的确太多了。"

是故障情况报告，统计了山谷和农林协发来的故障数量和内容。

"你给冰室看了吗？"

"看过了。"堀田眉头紧皱，表情阴郁，"他当场就搪塞了回来，说那又怎样。那个人啊，现在完全就是在逃避问题。"堀田毫不掩饰心中的厌恶，"我认为冰室先生心里很清楚，一定是变速器的什么地方出了问题，但他很害怕发现那个问题。"

"有没有可能是纪新的程序有问题？"

伊丹依旧半信半疑。

"不能说绝对不可能。可是，不先检查我们自己的产品，要怎么去要求对方？再不解决搞不好最后要全部召回啊。"

"现在时机不好。"

这句话更像是伊丹的自言自语。

"这不是时机的问题。"堀田正色道，"现在市面上就流通着有潜在问题的产品，能请您命令冰室先生检查变速器吗？"

"堀田，我想问个问题。"伊丹严肃地说，"我们的变速器到底哪里有问题，你心里有个大概的想法吗？"

堀田低下头，原本坚定的目光也失去了光彩，然后他不甘地说："对不起，我不知道。"

伊丹咬住嘴唇。

"冰室他……"

"我觉得冰室先生也不知道。我们检查过设计图，也把出了故障的机器的变速器拆开看了，倒是找到了变形的零部件，不过当时纪新那边发现了程序漏洞，我们就没再继续往下查。可我就是放不下这个，心里一直惦记着，觉得不是纪新的问题。如果是变速器的问题……"

听到这里，伊丹抬起了头，喃喃道："'陆鸦'。"

堀田不明所以，呆呆地看着伊丹。

"对'陆鸦'的变速器做个逆向工程怎么样？"伊丹继续道，"我们的变速器是岛津设计的，'陆鸦'的变速器也是她设计的，两者是同样的形式，可能一比较就能找出问题来。"

所谓逆向工程，就是拆解其他公司的产品，对结构进行分析检验。

"可是帝国重工的'陆鸦'可能也有同样的问题……"

"不,应该不会。"

伊丹提起了岛津在北见泽对他说的话。

说到底,伊丹君其实什么都不懂。

你觉得那样真的够了?

"啊,也就是说……"堀田惊讶地瞪大了眼睛,"岛姐已经预见到这个故障了吗?"

"嗯。那天我没反应过来,只觉得她是死鸭子嘴硬。"伊丹后悔地咬了咬嘴唇,"当时阿岛可能已经看出我们的拖拉机变速器依旧存在问题了。"

可是她已经加入了佃制作所,所以没把自己留下来的设计图上的缺陷说出来,因为说出来就等于泄露了佃制作所的变速器机密。与此同时,那也是她对幽灵传动的道别。

一路顺风的"达尔文",在这个阶段竟遇上了意想不到的困难。

比如帝国重工的破坏,还有这不明原因的故障。

"虽然现在还是我们赢,不过再这么下去,帝国重工的'陆鸦'很可能要追上来了。"堀田严肃地说,"我们必须尽快查清故障原因……"

这时伊丹突然笑了,堀田难以置信地看向他。

"怎么会让他们轻易赶上。"

伊丹说了句让人意外的话。

"您什么意思?"

"很快,帝国重工——不,的场俊一就要遭报应了。"

堀田根本不知道伊丹在说什么。

"你很快就会知道。"伊丹露出深不可测的笑容,"的场俊一要完蛋了。"

7

那天的场照常乘坐公司分配的车来上班，第一项工作就是出席制造部的全体会议。

会议于上午九点准时召开，会后他于十一点半去拜访了位于丸之内的集团商社，与对方负责人商谈两家公司的合作并共进午餐，然后乘车回公司。

到达公司后，奥泽兴高采烈地迎接了他。

"'达尔文'的供应链似乎遭受了重大打击，代达罗斯和幽灵传动现在都忙着找替代厂商，重启遥遥无期。山谷和农林协全都停止接受订单了。"

奥泽笑容满面，十分得意。

"好戏才刚开始。"的场目光炯炯地说，"我要把他们彻底搞垮。区区城镇企业竟敢跟我们叫板，太不知好歹了。"

"只要我们的业绩能趁机提升，就能一口气抢占市场了呀。的场社长。"

的场只是笑笑，并没有否定。

只要的场当上社长，对他尽心尽力的奥泽肯定也能沾上光升职加薪。

"我刚才跟帝国商事的岩元先生谈过了。"岩元是主导帝国商事海外事业的董事，"借着无人农机的势头，我们能把项目版图进一步扩大。"

的场眯起眼睛看向远处，继续道："先在国内巩固市场份额，拯救日本农业——非常好。可是我们不能仅仅满足于这个。我要拯救全世界的农业，要在依赖陈旧农机器材的世界农业产业中发起一场革命。我要提高生产效率，让收益率实现飞跃。然后我要一举解决困扰整个地球的粮食困难问题。奥泽，你想想吧，在广阔平原上列队前进的'陆鸦'。想想它们出现在法国、意大利、比利时的光景。"

"还有中国和乌克兰……"

奥泽接过话头。

"没错，奥泽，到时候就轮到制造部出场了。"的场继续道，"藤间社长说得没错，日本国内的主流会是小型发动机，可是海外的农业生产规模跟我们不可等同而视。帝国重工生产的发动机和变速器将在不远的未来用在广阔的世界粮仓地带。帝国重工将拯救全世界的农业。我们是救世主。到那时候，这项事业就将成为支撑帝国重工的重要支柱了。"

奥泽脑中已经描绘出的场"社长"对一群董事发号施令的样子了。的场还年轻，应该能长期掌权，那样一来，他一定会把自己提拔到显赫的地位。

"这可不是梦，是不久后就会实现的现实。"

"您说得对。"奥泽坚定地表示赞同，"不过只有的场先生能带来这样的现实。请您将公司从低迷状态中解救出来，虽然力量微薄，但我也会尽全力相助。"

这番话让的场十分受用。

虽然无人农机事业一度受挫，不过他通过贯彻"的场作风"，眼看着就要把对手彻底击垮了。他将凭借大刀阔斧的领导理念，一口气推动该项目，为进军日本农业以及世界农业打下基础。

如此一来，他在公司里的地位就会稳如磐石。

在这个组织里，越往上爬道路就越艰险，被迷雾笼罩，到处是荆棘。但此时，的场终于看到了通往秘密花园的入口。

胜利就在眼前。

他强忍住胸中的笑意,脑子里闪过与父亲有关的记忆。

父亲打从心底里蔑视民营企业,哪怕是儿子所在的公司也没有一丝兴趣。如果父亲能看到他现在的样子,会做何感想呢?

不就是个民企吗?父亲可能会发出嘲笑。可是面对的场心中宏伟的未来图景,父亲可能又没有一笑而过的器量。

带领帝国重工展开一项世界规模的事业,那一定是种别样的滋味。你这个整天为霞关的人事提心吊胆的官僚,能理解这种感觉吗?

的场在心中放言,想让父亲听到。

你怎么可能理解。你不过是一介官僚罢了。只有官僚才会以为官僚是世界上最伟大的人。

我赢了。

的场露出笑容,但突然被一阵敲门声拉回到了现实世界。

"那个……"秘书战战兢兢地探头进来,"多野广告部部长说想见您。"

"多野?"

他有什么事?的场还没问出口,多野就推开秘书大步走了进来。

"喂,你怎么这样!"奥泽怒道。

但多野并不理睬他,而是慌慌张张地走到桌边,把一份文件放到的场面前。只见他满脸通红,右手紧紧握成拳头。

"这是我刚打印出来的。网上现在到处都是。"

"什么玩意儿?"

的场瞥了一眼,脸上顿时没了表情。

　　二十家帝国重工外包商向公平交易委员会提交违反《分包

法》投诉申请。举报帝国重工针对"达尔文"进行恶意竞争。

本月二日，二十家帝国重工外包厂商向公平交易委员会提出控诉，称该公司存在"压低外包价格""强行低价采购"等行为。参与控诉的公司大多参与了"达尔文"项目，相关人士指出，帝国重工可能试图对"达尔文"进行蓄意破坏。帝国重工的务农机器人项目与"达尔文"属于竞争关系。

的场的嘴唇嚅动了一下，只发出一些嘶哑的声音。

他的脸上很快失去了血色，抬起头茫然四顾。

至今为止，的场一直用不把人当人的态度欺压外包厂商，因为他确信，那些外包厂商绝对不可能反抗。

可是现在，外包商竟同时造反了。

这是一次误算，但事已至此……

"还有这个。"

多野又把一份文件递给了茫然失措的的场。

"这是《波尔多周刊》发来的采访函。可能是哪个外包商对外说了我们公司做了什么事情吧，我看全是非常具体的问题，还出现了的场先生您的名字，指控您是给外包商施压的主导者。"

的场瞥了一眼，猛地怒吼一声："胡闹！把文章压下去！绝对不能让他们登出来。压下去！"

"不管用啊，真的不管用！这事没那么简单。就算否认了，人家后天也照样会登出来！"面对暴怒的的场，多野大声反驳道。

的场死死盯着多野，大口喘着粗气。他顾不上额头上的汗水，与多野对视了许久。旁边的奥泽也惊诧不已，吓得双唇颤抖。

的场呼吸渐渐急促，不一会儿把脸转开了，奥泽不知道他在看哪里。的场目光涣散，仿佛正看着遥远的、谁也没见过的未来图景。

那是直到前一刻还光辉璀璨的未来。

然而现在，那幅图景已被打碎了。

8

周二一大早。

"社长，不好了。"营业部的江原跑了进来，"刚才我接到消息说帝国重工违反《分包法》，被人举报到公平交易委员会了。"

佃正跟会计部的迫田商量资金流问题，闻言猛地站了起来。

"你说什么？从哪儿听来的？"

"加木屋精密那边说的，他家也加入了举报团队。举报的公司都是帝国重工制造部的合作商，一共有二十家，听说超过半数加入了'达尔文'项目。"

"请等一等，江原先生，"迫田插嘴道，"违反《分包法》的事情先不说，为什么你知道得这么详细？"

"网上都有啊，是大新闻了。你们自己看看。"

"这……"

迫田马上掏出手机确认，不久后面色苍白地抬起头来。

"莫非这是对'达尔文'供应链施加压力招致的报复？"

"绝对没错。我听说安排这次举报的是代达罗斯。"江原说道。

"真的吗？"佃马上反问。

"社长，还有呢。代达罗斯的法律顾问您知道是谁吗？是那个中川，中川京一。"

"中川……"佃呆滞地咕哝道，"他出来了？"

这是他被判刑后佃第一次听到跟他有关的消息。万万没想到事情竟会变成这样。

"没想到他们拿出了《分包法》啊。"

《分包法》的全称是《防止分包款项支付延迟等行为法》,是防止发出订单的大公司利用自身优越地位对外包公司进行霸凌的法律法规。

"违反《分包法》不会造成刑事惩罚,我觉得这次举报只是为了引发社会热议。"

会计迫田对这类法规很了解。

"社长,这是'达尔文'对的场俊一发出的致命一击啊。"江原说,"帝国重工那么忌讳丑闻,这篇文章带来的是绝对不可原谅的耻辱。现在他们用这种方式干扰'达尔文'项目的事情暴露了,这等同于往帝国重工的招牌上抹黑,的场先生肯定马上就失去立足之地了。"

"他们利用中川这个人刻意做了这样的安排吗?"佃点点头道,"用举报和新闻这套组合拳引发话题——那么北堀肯定也插了一脚。"

"网上可能已经成立话题了,不断有大量批判性评论往外冒。"

帝国重工对"达尔文",的场俊一对重田和伊丹,这场残酷的战争迎来了重要时刻。

现在谁都能看出胜负所归了。

9

晴天的傍晚,这里会是一片橙红色,非常有艺术性。

可今天是阴天,下午两点,这里除了肃杀的现实以外,什么都不存在。气氛沉重压抑，高质量的办公用品完美体现出帝国重工这一日本大企业的权威与社会地位。

这里只是一间办公室罢了。

的场站在办公室里厚重的办公桌前。

一个人靠坐在豪华真皮办公椅上，表情为难地看着的场。他是帝国重工的会长冲田勇。

冲田身经百战，靠敏锐的头脑和嗅觉以及数十年的奋力拼搏，最终坐到了这个位置。他从盘根错节的派系斗争中脱颖而出，在人际关系中机关算尽，再加上一些运气，最终走到了这里。

冲田看向的场的眼神中又透出一丝慈爱。

办公桌上摆着打印出来的网上的新闻和杂志发来的采访函，显然是广告部的多野送过来的。

这些内容是否属实——的场本以为会被这样质问，但冲田什么都没说。

"最无聊的莫过于一帆风顺的人生。安稳和幸福是无聊的同义词。"

这是感慨还是批判？冲田这人喜欢说教，有时也会冒出一两句能打动的场的话。只是现在的场一个字都听不进去。

"人既有走运向上冲的时候，也有不走运跌落谷底的时候。讲道理的事情很少，不讲道理的事情很多。可这不也是人生的乐趣所在吗？的场，你怎么想？"

的场只"嗯"了一声，没有多说什么。他不明白这位脾气暴躁的老人究竟想说什么。不过他至少没有一看到的场就破口大骂，这或许也算是一种幸运。

冲田的冷静让的场放下心来，仿佛看到了一丝希望。

对的场来说，冲田是坚如磐石的后盾。的场的经营理念与藤间迥然不同，这点上冲田也是如此。的场之所以能如此快速地晋升，完全得益于冲田的提拔。

"这次的事情不过是人生中的一页罢了。"冲田继续道，"在书写人生篇章时有时就是会出现这种令人痛恨的一页。很遗憾，这次便是其中之一。"

他叹了口气，语气平淡。

"你肯定不愿意看到这样的事，公司也同样如此。这种事情是绝对不能发生的，即使发生了，也绝对不能让外人知道。帝国重工必须始终保持帝国重工的姿态。我们有义务扮演引领整个产业前进的领头企业、作业界的模范和目标。为了让社会认可并需要我们，前辈们耗费心血，锲而不舍地努力、钻研，我们公司才构筑起了这样的基础。可是，你践踏了他们宝贵的成就。"

冲田的表情猛然改变，扭曲而凶狠，视线中散发出愤怒与憎恶，几乎能将的场贯穿。

"如今，公司里已没有你的立足之地了！"

的场感受到了仿如杀气的气势。

最后，冲田狠狠地说出了一句话。

"马上给我辞职！"

第九章 战场上的清唱剧

1

九月上旬的一天，佃接到了野木的电话，野木说要去东京出席学会。

二人决定在离学会会场很近的日本桥站碰面，之后去了人形町的一家日料店。

佃很喜欢来这里，有吧台座位和单间，他跟野木并排坐在吧台座位上，点了老板推荐的菜肴，边吃边喝。

"两个月没见，发生了好多事啊。"野木喝了一口酒，感慨道。

他自然是指帝国重工的事。

"给你惹了那么多麻烦，真是对不起。的场先生这次的做法确实过分了，其实没必要那样。"

"我也有同感。真希望他能对我们的技术实力多一些信任。"野木说。

"但也有好事。咱们和'达尔文'的结构差异受到了一些关注，促成一些情况浮上水面。"

佃拿起脚边的公文包，从里面翻出最新一期的《机械科学》杂志。这是一份在机械工学领域很有权威的专业杂志。

"这是什么？"

"听说明天发售。到我那儿去取材的记者有心，提前给我送来了样刊。"

野木翻到贴着便签的那一页。专题文章的大标题跃入眼帘。

自动巡航控制系统全面比较。"达尔文"是否超越了帝国重工?

标题就十分刺激。

"编辑部借来了两种无人驾驶拖拉机,就整整二十项进行比较,然后评分。"佃感叹道,"这不是压倒性的胜利嘛。"

文章中还有对实际使用了两种拖拉机的农户和负责销售的农林协进行的采访,明确指出"达尔文"有诸多故障。可谓一次彻底而深入的对比。

"是因为该项目备受关注,才有了这篇报道吧。"野木说,"'达尔文'本来就在人气方面占优势,这次的事情又让帝国重工的形象大受打击。可是外部评价跟实力是两回事,在我看来,帝国重工的'陆鸦'过不了多久就能转败为胜。老实说,不久前我还考虑要不要停止向帝国重工提供技术了呢。"

"野木……"

佃倒抽了一口气,野木却笑了。

"不过现在我决定再观察观察。我的研究竟不是作为论文接受审读,而是以这种形式接受世人评价,你不觉得这很有意思吗?我的研究本来就是实践科学,既然是实践科学,就应该诚恳地接受真正参与到农业领域的人的评判。这才是针对我这项研究的真实的评判。但如果不踏入商业领域,我就没有这样的机会。"

佃深感赞同,但也感到一阵紧张。因为不仅是野木,佃自身也是时刻要接受市场评判的玩家。要是做了没用的东西,佃制作所瞬间就会被市场淘汰,被时代的汹涌波涛所吞没。

"佃,你一直在这样的战场奋战啊。"

"没错。"佃说,"我一直在这里奋战,遇到过各种对手,但我想方设法活了下来，这才是最重要的。"

"想方设法活了下来吗……很好，我也想这么活。"

这时佃口袋里的手机响了起来。

"抱歉，是财前先生。"

佃看了一眼屏幕，从高脚凳上下来，走出店外以免打扰其他客人。

"您现在有时间吗？我有件急事要告诉您。"

汽车的噪声使财前的声音听起来断断续续的。

"刚才我们紧急召开了一次新闻发布会，公布的场俊一董事辞职。"

佃一时无言，回头看向坐在店里的野木，他正跟店主相谈甚欢。

佃轻吸一口气，听财前继续往下说。

挂断电话后佃长叹一声，抬头看向没有星光的天空。

九月上旬，夜晚还蒸腾着一股暑气。

2

重田登志行独自在家观看着电视上播放的新闻节目，是帝国重工召开的紧急新闻发布会的现场直播。

位于大崎一栋高层公寓的家里只有他一个人。

重田工业破产后，妻子就带着两个还在上小学的孩子回了娘家，她年迈的双亲经营着一家小工厂。其后两人正式离婚。到今年他已经过了将近十年的单身生活，不过这几年他才感到有些孤单。在此之前，生活甚至没给他产生那种感觉的余地。

因为他要拼命工作才能活下去。

重田工业破产前，重田一直过得很富裕。是从富足一下跌落到别无选择的绝望深渊。

父亲创建的重田工业一开始只是一家从事精密仪器加工的小型城镇工厂。

不过,拥有博士学位,又在国外的汽车公司研究所进修过的父亲,手握当时全日本最尖端的技术。拿到帝国重工的订单没多久,父亲就带领公司发展成他们的核心外包商之一。

不仅有技术才能,父亲还具备惊人的经商头脑,是个了不起的人物。

早在登志行刚懂事时,父亲创建并管理多年的重田工业就已经是一家拥有好几百名员工的大企业了,后来更是一度发展到几千人的规模。

重田工业与重视外包商的帝国重工之间合作紧密,看起来经营基础稳如磐石。可正因如此,其未来之路也被限制得非常狭窄,前进的道路被封死了。

重田也失去了选择的自由。

他学习成绩优异,没有辜负父亲的期待,从一流大学毕业。可是他想到船舶公司工作的想法被父亲否决,转而被塞进了帝国重工。

从进入帝国重工,到回家继承公司,这中间的几年对他而言就是一段漫长的"修行"。

他被分入了号称帝国之本、但已逐渐显现颓势的机械事业部,干到三十二岁那年,回家继承了重田工业。

刚进重田工业时他的头衔是常务,他的父亲早就打算趁尚存精力时就把位置让出来,于是重田三十五岁就当上了社长。

但成为会长的父亲并没有完全放权,倒不如说他仍掌握着大部分权力,重田根本无法按自己所想的经营公司。他想做新的尝试,却总是遭到父亲反对,有时还会被老员工劝阻。

重田成了徒有社长头衔的摆设。

他心中的不满渐渐转向曾经工作过、现在又是他最大客户的帝国重工。

在帝国重工机械事业部待了将近十年的他很清楚,重田工业的技术水准在帝国重工内部有非常高的评价。没有重田工业制造的精密零部件,帝国重工的生产线就会停摆。

这是事实,但重田产生了错觉,他认为可以任性地拒绝帝国重工的一切要求,其中就包括对方为提高业绩而提出的压价请求。

重田虽在公司内没有话语权,但在与帝国重工交涉的时候却非常自由。反过来说,重田也只能在这里找到一些自由。

重田相信,就算他一口回绝削减成本的要求,帝国重工也不敢把订单收回去。他的父亲也知道他的态度,但没有多言,因为他对帝国重工的态度也一贯强硬。

从结果来说,他们错了。

重田工业的技术实力确实曾经打遍天下无敌手,但是渐渐地,越来越多能与其匹敌的竞争对手开始崭露头角。

重田忽视了这一现状,但拥有众多外包商,可随时进行比较的帝国重工却十分清楚。

于是就到了那一天——

的场俊一宣布终止合作,他们跟帝国重工持续了几十年的生意就这样突然没了。

在削减成本这件事上,他们确实很不配合。可是哪怕算上这个因素,的场的做法也太无情了。

直到现在,重田都难以忘记通知公司破产的那场会议。

今天，重田工业五十年的历史正式结束。大家为公司拼命工作了这么多年，而我今天却要通知这个消息，实在是悲痛不已。身为社长，我实在不知该如何向大家道歉。

员工们将作业帽紧紧压在胸前，眼神悲痛地注视着重田，令他的胸口一阵刺痛。他们从明天开始就要为找活路而奔忙，在哀叹的同时手足无措。

公司的几千名员工重田全都认识，其中大多是家里的顶梁柱，还有丈夫病死、自己工作抚养孩子的单身母亲。记得有员工因为父母需要看护曾跑来向他借钱，并表示一定会还。

重田摧毁了他们宝贵的平静生活，摧毁了他们拼命奋斗而获得的人生。

的场，我真想让你看看那些人的眼睛。

独自坐在起居室里凝视着电视屏幕的重田泪流满面。

的场俊一承认了有违反《分包法》的举动，以负责董事的身份在新闻发布会上深深鞠躬，周围顿时亮起无数闪光灯。

藤间秀树社长站在他旁边，同样低下了头。

屏幕上的的场，就像一个没有灵魂的人偶。虽然会回答问题，但声音有气无力，目光游移不定，从干裂的嘴唇里吐出的话语常常断断续续，难以听清。

重田眼睛一眨不眨地盯着的场。

那个"威风八面"的的场俊一早已不见了踪影。画面上只剩下一个低声下气、请求原谅的可悲之人。

但重田又感到愕然。这是我的胜利吗？

重田工业破产了，员工们流落街头，他将这股怒火转化为行动的力量，而最后到达的终点就是这样吗？

他没有感受到满心期待的欢喜和成就感。

他只感受到了苍白的空虚。

我为了向这样的一个人复仇而耗费了一段宝贵的人生吗？我竟为这样的人心生怒火，以此鼓舞着自己吗？

半晌，重田回过神来，发现自己身在空无一人的房间独自落泪，人生之路上也无人陪伴。

失去了公司，失去了家人，失去了父亲，现在……又失去了敌人。

这就是我的人生吗？

答案明确得近乎残忍。

没错……

重田顾不上擦拭眼泪，猛然醒悟了。

这正是我的人生，正是我的活法。

3

伊丹在社长室内跟员工们一起看着屏幕上的的场俊一。

"活该。"

有人骂了一声，伊丹并没有理会。他不愿意用这个老套的词汇来表达现在的感情。

这个背叛了他、把他赶出帝国重工的人——正因为他憎恨这个人，才会抛下岛津，与代达罗斯的重田联手。

可是，现在伊丹在想，究竟是什么促使自己这么做的呢？

是对的场的愤怒，还是对遭到欺骗和背叛的怨恨？

当然，两者都有。

可是此时他突然意识到：他无法原谅的并不是的场，而可能是自己。

你可不能创业——父亲的话依旧鲜明地留在伊丹的脑海里——到头来，你老爸我不过是自找苦吃。

父亲创立过一家小小的城镇工厂。临终前，躺在病床上的父亲还在为伊丹的将来担忧，把回顾一生后得到的教训传授给了伊丹。

最难看的姿态，莫过于被金钱束缚。

可是父亲总结一生传授给他的教诲，伊丹却没有听从。他违背了父亲的旨意——只因为的场。

那是对父亲的背叛，也是对父亲的人生的践踏。

伊丹心里一直有悔恨，但他只能选择这样生存。

即使幽灵传动这家公司获得了小小的成功，伊丹心中依旧难以放下那些纠葛。

然后，重田揭穿了他一直压抑在成功背后的纠葛，将它再次变为现实问题。

的场俊一是伊丹摆脱痛苦的唯一突破口，是无论如何都必须走过的那扇门。

现在，这个人可悲地倒下了。

伊丹倾听着员工们发出的喝彩，静静地闭上双眼，任凭情绪席卷全身。

假设真的存在人生节点，那现在便是那样的瞬间。

门打开了，他清算完了过去，可以走入新的人生了。

"社长，社长！"

社长助理坂本菜菜绪的声音让伊丹回到了现实，他睁开了眼睛。

"您的电话，是山谷的入间先生。"

伊丹挥挥手表示"我到那边去",然后离开了吵闹的社长室。

"伊丹社长,我想跟您商量件事。这边出了点问题。"入间的声音中透着沉重,"'达尔文'的故障报告太多了,我们也去调查了一下,怀疑是变速器的结构有问题。"

这句话彻底吹散了胜利的余韵。

"变速器的问题?"

伊丹脑中闪过堀田说过的话,一时不知该如何回应。

"你不知道吗?这不可能吧。"入间严厉地质问道。

"故障的事情我清楚,只是目前还在调查原因……"

"那请尽快调查清楚吧。"

入间的声音里掺杂着烦躁。紧接着对方又说出了伊丹最害怕的话语。

"这种话我也不想说。但要是再有故障报告,我们就要考虑召回机器了。"

4

殿村驾驶着轻型卡车行驶在农道上,瞥见了旁边的情景,便开到路边停了下来。

左侧的农田正中央停着一台拖拉机,一个人正在打量打开的发动机盖里的情形。

"是出故障了吗?"殿村自言自语。

看拖拉机的颜色,显然是"达尔文"。

正检查发动机舱的人转过身来。

糟糕。

看到那人的脸后殿村暗道不好,但已经晚了,他只好打开车窗。

"需要帮忙吗？"他喊了一声。

"不用，不劳烦你了。"

于是殿村再次发动卡车离开了。稻本脸上那混杂着烦躁与绝望的表情给他留下了很深的印象。

"达尔文"故障频发——最近殿村不时会听到这样的消息。

在农道上突然停下还算好的，糟糕的是有的拖拉机干脆在农田中间熄火，怎么弄都不动。发生这种情况就只能把负责销售的农林协或山谷的人叫来，先尝试现场修理，不行的话就得花一番功夫把熄火了的拖拉机从田里拖出来。

稻本的"达尔文"肯定也是发生了这种故障。

"怎么样，查清楚没？"

伊丹跟合作商谈完生意，回到公司后径直走进了二楼的小房间。

这个房间平时当仓库用，现在作业台上面放着一台拆解了的变速器，技术员们正在对其精查。

他们搞来了帝国重工"陆鸦"上搭载的佃制作所制造的变速器，正在进行逆向工程。

"这个零件。"

堀田拿起一个零部件给伊丹看。

"行星齿轮吗？"

"对，您把它跟我们的比比看吧。"

堀田将"达尔文"搭载的幽灵传动的变速器上的相应零部件摆在旁边。

"这两个零部件作用相同，但是佃制作所那边的形状有点特殊，齿轮外形和周边零件上都做了点变更。我觉得这应该是有理由的。"

冰室坐在高脚椅上，一言不发，一脸不高兴。

"简而言之，我们的结构有可能给零件造成过大负担对吧？"伊丹问道。

"目前这只是一种推测。"堀田说完转向冰室，委婉地问了一句，"冰室先生，您觉得呢？"

"只有这些我无法做出判断。"冰室冷冷地说，"做个耐久性测试应该就知道了。"

"可是之前不是说我们的变速器没有问题吗？"

伊丹的话让冰室和堀田都陷入了沉默。

"想是这么想的，可结果毕竟摆在这里。"

"都说了问题不一定在变速器上啊。"

冰室依旧坚决不承认有问题。堀田举起双手，与旁边面色惨白的柏田对视一眼，叹了口气。

"能把我们的零部件改成同样的形状吗？"伊丹指着佃制作所的零部件问道。

"喂，等等！"冰室突然提高了音量，"你什么意思？要承认拖拉机出故障是我们的失误？你知道那意味着什么吗？"

"你给我闭嘴！"伊丹指着冰室的鼻子骂道，"现在不是不知道问题原因吗，那就只能查清楚对不对？我不管你脑子里的尊严，我已经把公司的命运赌上了。"

伊丹的怒火让堀田和柏田都瞪大了眼睛。冰室嘴唇颤抖着试图反驳，但没能说出话来。

"你们马上查查这个零部件的产权关系。"

伊丹对堀田下完命令，又愤怒地转向冰室。

"事情已经变成这样了,你那点尊严连狗屎都不如,知道吗!"

这番怒骂完全体现了伊丹成长于城镇工厂的背景,他的表情里透出了深不见底的危机感。

晚上九点多,堀田做完数据库调查,一脸严肃地敲响了社长室的门。

"我调查了刚才那个零件,已经有人申请专利了。申请方是……佃制作所。"

5

代达罗斯的社长室里气氛沉重。

这天,在伊丹的要求下,"达尔文"项目的主要成员:代达罗斯的重田、纪新的户川以及北堀企划的北堀都来参加了会议。因为涉及技术问题,伊丹把堀田也带了过来。

"就算变速器的结构有问题,也没到缺陷的地步吧?"

重田问了一个关键问题。

"很遗憾,我没有自信断言那不是缺陷。"

听了堀田的话,重田皱着眉看向天花板。

堀田继续道:"本公司已经就这个问题进行了积极探讨,但是依旧未能得出自行解决的策略。目前唯一的对策就是吸收佃制作所的技术,因为他们使用的变速器也有类似结构……"

"可是,那就涉及知识产权问题了,对不对?"

户川说的每一个字都有点推卸责任的感觉。

"既然如此,你们自己再发明一个啊。"

"非常抱歉,这一时半会儿无法实现。"伊丹回答道。

很可惜，现在的幽灵传动没有足够的经验去做这件事。不仅如此，他们连变速器目前出现的问题的本质都没有弄清楚。要他们自己想对策，实在太难了。

"你们那边的冰室先生不行吗？"户川提出了没有在场的技术负责人的姓名，"他口气不是很大嘛，难道连他也搞不明白？那要这个技术负责人来干啥？"

"他几天前离职了。"

伊丹的一句话让户川皱起了眉。

"结果他也没能解决问题，而且临阵当了逃兵吗？"户川轻蔑地笑了起来，"那你们的变速器是谁设计的？你吗？"

堀田摇摇头。

"不，是以前在我们公司工作的岛津。不过岛津目前去了佃制作所，而且帝国重工'陆鸦'的变速器也是她参与研发的。"

"如果继续使用现在的变速器会怎么样？"一直没出声的北堀突然问了一句，"不是不能断言那是缺陷吗？就算不是最好的，只要能用，不如先观察一段时间吧。要是有故障，我们就去修。其实这是不是缺陷，还要看客人能否接受。"

这个想法实在太天真，堀田一言不发。

"山谷那边提出要我们考虑召回。"伊丹说。

"能不予理睬吗？"

北堀问了一句，伊丹则死死盯着桌面，说道："我们跟山谷有一定的信任关系，如果不予理睬，今后的合作可能要完蛋了。"

"可我们召回了也没用啊。你们幽灵传动都不知道怎么修。"户川烦躁地指出，"现在不就只能去求佃制作所签授权了嘛。"

伊丹和堀田同时咬紧了下唇。

"你跟佃制作所的佃社长是熟人吧？"重田问道。

"我跟他的确认识。"伊丹很为难，用词含糊，"只是他不一定会答应……"

"这不是没别的办法了吗！"户川看着伊丹，态度越发烦躁，毫不留情地说，"既然如此，哪怕下跪，你也要让他把技术给我们，对不对？"

没错，伊丹和堀田心里都很清楚。

他们要想办法跟佃制作所签订专利授权合同，否则"达尔文"就会完全搁浅。

可是——

他们曾经背叛了佃制作所。

伊丹表情骇人地盯着桌子，没有回答。

这场紧急会议在把重任交托给伊丹后，暂且告一段落。

户川依旧愤愤不平地起身离开。

"要是有什么好消息就告诉我，我会支持你。"

北堀留下一句鼓励的话语也离开了，会议室里只剩下重田、伊丹和堀田三个人。

"做生意肯定不会一直顺风顺水。"

这句话从经历过破产的重田口中说出来，显得尤为沉重。

"总之，不渡过这个难关，我们一步都前进不了。一定要想办法从佃制作所那里拿到授权。"

伊丹没有回答。

"不如问问岛津姐吧？"见伊丹面色死灰，堀田提议道，"社长，您应该能联系上岛津姐吧？要不，我先打电话去试探试探？"

伊丹还是没有回话，仰头看向天花板。

也不知道他这样看了多久，终于挤出一句话来。

"要是去求阿岛，会给她添麻烦。这件事由我去跟佃社长商量吧。"

6

"虽然过程有点曲折，不过这下总算回到正轨了。"

山崎在佃制作所每周三傍晚的社内联络会议上说，终于放下心来。

三天前，他们得知的场俊一辞职的消息。其后，宇宙航空部本部长水原重治接管了务农机器人项目，担任总指挥。

水原接到任命后，马上指名财前道生担任项目主管，负责具体事务，将现场指挥权交托给他。

一度被的场利用，作为社内政治工具的项目，总算回到了提出方案的人手上。

由财前来指导现场，那就意味着项目重新树立起了拯救日本农业的志向。

"我汇报一下'陆鸦'的销售情况。"

营业部的江原站起来，报告了从帝国重工那里询问到的销售总台数。

"怎么回事，还是没到计划值。"轻部毫不客气地说，"因为这场骚动，搞不好又要被'达尔文'打败。"

"的确，这次骚动对'陆鸦'来说影响不太好。不过我这儿有个很有意思的数据。"

江原用投影仪放出一张销售业绩图表。屏幕上一共两张图，分别是"陆鸦"和"达尔文"的销售变化。

"哦？"

轻部看了一眼，突然笑了笑，开始转动手上的圆珠笔，看来是有了兴趣。

"'达尔文'刚发售时的营业额可谓压倒性的强势，但势头在逐渐放缓。'陆鸦'则与之相反，最近销量开始起来了。帝国重工那边对此进行了调查，发现农户之间在议论，说'达尔文'故障很多。"

岛津猛地抬起头来。

"他们怎么应对的？"

"听说是更换变速器零件，具体就不清楚了。"

岛津表情复杂，陷入了沉思。

佃把这一幕看在眼里，会后叫住岛津问了一句。

"岛姐，你是有什么想法吗？"

"'达尔文'的变速器是用我的设计为基础制造的，可是，那个设计有缺陷。"

"缺陷？"

这他还是头一次听说。

还有几名员工留在会议室里，此时也都停下动作，认真听着岛津的话。

"我设计的时候并没有发现，还是到佃制作所之后才意识到的。我们的拖拉机不是也有过中途停止运行的故障吗？就是那次之后，我想到了具体的解决方法。"

"你申请的专利就是针对这个的吗？"唐木田问道。岛津申请专利的事情之前向董事会汇报过。

"没错。"岛津点点头，"那个地方要是被模仿了可不太好，所以我就先把专利申请到手了。"

"那也就是说，幽灵传动很可能还没发现那个缺陷啦？"津野问道。

岛津摇摇头。

"不，他们至少应该发现哪里有问题了。至于有没有解决问题的技术，就有点难说。因为我不知道接替我的冰室先生实力如何，说不定他们想到了比我们更好的解决方案。"

"岛姐说的那个冰室先生，听说已经离职了。"

江原的情报让岛津面露惊讶。

"岛姐，你给我说说。"佃实在忍不住问了一句，"要是那个缺陷不改进，会怎么样？"

"可能会导致无法变速。如果按照我最初的设计，会给零件造成过大负荷，超过临界值就会变形，甚至破损。"

"这样的话，很可能就要召回了。不太妙啊。"山崎严肃地说。

"还不是自作自受。"唐木田冷冷地说，"辜负我们的好意，还把岛姐赶出公司。那不是报应是什么。"

好几个人纷纷点头表示赞同。他们至今都没有忘记幽灵传动背叛佃制作所，选择了竞争对手代达罗斯进行资本合作的仇恨。

第二天，幽灵传动的伊丹联系了佃。

7

"佃先生，能麻烦您空出一些时间吗，拜托了。"

佃把手机按在耳边，一时不知如何回答。

"您有什么事吗？"他问了一句。

"其实我想就贵公司正在申请的专利，跟您商量商量。"

佃一下就反应过来了。

那件事啊。

"佃先生,请您原谅我此前的无礼,姑且听我把话说完,可以吗?拜托您了。"伊丹竭尽全力恳求道。

"好吧。什么时候?"

佃最后还是答应了。

伊丹说希望在佃方便的时候拜访,于是佃回答越早越好,指定了当天下午三点这个时间。

三点整,伊丹大独自来到了佃制作所。

"劳烦您百忙之中抽空出来,真是太感谢了。另外,此前给佃社长、山崎先生、唐木田先生以及佃制作所的各位带来了很不愉快的影响,实在是非常抱歉。请接受我由衷的歉意。"

伊丹刚走进社长室,就深深低下了头。

"我猜您这种时候来,不是专程来道歉的。先请坐吧。"

佃请他坐在沙发上,自己在桌边落座。山崎和负责这块业务的唐木田也在场。他们两人都怒视着伊丹,紧张气氛一触即发。

"您可能已经知道了,我们的'达尔文'目前频频发生疑似起因于变速器的故障。"伊丹开门见山地说,"我们努力尝试解决问题,但本公司不具备相应的技术实力。我深知这话说起来非常自私,可是我们已经没有别的办法了。佃先生,各位……"伊丹绷直身子,笔直地看着佃等人,"请贵公司把申请专利的技术授权给我们使用吧。拜托了。"

伊丹拿出一份文件,果然就是由岛津研发、以佃制作所名义申请的那个专利。

"你知道你在跟谁说话吗?"唐木田厉声道,"我们可是竞争对手啊,凭什么要把技术授权给你们,为'达尔文'造变速器?"

伊丹紧紧抿着嘴，接受了这番毫不留情的质问。

"靠我们自身解决这个问题，可能需要好几个月，不，可能需要好几年。可是我们没有这么多时间。拜托您，帮帮我们吧。"

"您这话说得可真够任性啊。"山崎说，"贵公司眼看着要打输官司的时候，是谁救了你？是谁帮你搞的逆向工程？后来又是谁过河拆桥，跟代达罗斯搞起了资本合作？您以前不是说为了生存吗？还说跟我们合作生存不下去。要知道，我们也有尊严。"

"我实在无话可说，太对不起了。"

伊丹坐在沙发上，深深鞠了一躬。

"社长，拒绝他吧。"

唐木田的一句话让伊丹抬起头来，已面无血色。

"请别这样——求求您了，唐木田部长。"

"开什么玩笑。"

唐木田是个做生意特别有原则的人，此时直接转过头去，看都不看他。

"多少授权费我都愿意支付。就算我们一分钱不赚也无所谓。请几位考虑考虑，好吗？"

"这不是钱的问题！"

山崎气得脸都白了。

"拜托了。只有佃制作所能拯救我们。"

一脸胡茬，双眼赤红的伊丹再次低头恳求道。

"伊丹先生。"佃总算开了口，"人的痛苦啊，即使制造痛苦的人忘掉了，承受痛苦的人却很难忘掉。我们一直推崇诚意交往的原则，也一直是这么做的。身在市井的好处，就是能做这种意气相投的合作，你说对不对？"

伊丹低头咬着嘴唇，并没有回答。

"而且，你们的'达尔文'不是号称要让人们见识到城镇工厂的技术实力吗？我想问，这样做是否正确？在谈论授权之前，我想先搞清楚这个问题。"

伊丹没想到佃会提这个，面露惊讶的神色。

佃继续道："东西做出来不是为了炫耀自己的技术的，而是为了让用的人感到高兴。可是你们眼里只有自己，不是吗？什么城镇工厂的技术、城镇工厂的意志，东西是谁做的，这对使用的人来说毫无意义，真正重要的是如何为使用那些东西的人着想。你们想过这个吗？"

伊丹只是呆呆地看着佃，不知如何回答。

"你们连这么关键的问题都不懂，心里只想着自己。我不能把技术授权给这种人，你还是想想清楚，从头再来吧。"

伊丹连反驳的话语都说不出来了。

他闭着眼睛沉思片刻，然后站起来，深深鞠了一躬。

"我无言以对。佃先生说得没错。失礼了。"

伊丹又一次低下头，转身准备离开。不过他在门口突然停住了。

"佃先生，您能帮我向岛津女士转达一句话吗？告诉她，是我错了，我对不起她。"

留下这句话，伊丹离开了。

"伊丹君这样说了？"

那天夜里，佃叫上岛津，一起到公司附近的"志乃田"吃饭。听他说完伊丹到佃制作所来的事情，岛津感慨万千，一言不发地拿起梅酒苏打喝了一口。

"但是没办法,这毕竟是做生意。就算不说这个,伊丹君这个人也不值得原谅。"

"是啊,岛姐。"平时爱喝清酒的山崎今天少见地点了烧酒,"'达尔文'要倒闭还是消失,关我们什么事。"

"就算我们同意授权,他们也要花一大笔来召回吧。"唐木田指出,"且不说我们的授权费,生产新零件也要花钱。把变速器拆开、更换部件,这要花不少时间,相关人员费用和运费都不可小觑。如果全都由他们来负担,那得是多少钱啊。"

"我听说山谷那边已经在密切关注了。"津野说,"要是通过他们的销售网络卖了故障机器,肯定会影响信誉。"

"他们现在总算意识到岛姐的重要性了吧。"

山崎这么一说,岛津叹了口气。

"这叫我怎么办呢……"

"还能怎么办,这都是伊丹先生一个人惹的事情,只能随他去了。"津野同情地对她说。

"没错。"佃点头道。

可是第二天,他又接到了伊丹的电话。

"昨天失礼了,真是对不起。能请您再抽一点时间出来吗?"

"伊丹先生,没用的。"佃说,"我们不会把技术授权给你,更何况,员工们都不答应。"

"请您再考虑考虑吧。"

"没办法的——我挂了。"

佃挂掉电话,喃喃自语道:"太蠢了。"

伊丹的愚蠢令佃气愤不已,明明是他为了一己私利甩掉佃制作所,现在情况不妙了,又想回头。

佃很失望，没想到伊丹竟是这样的人。刚认识伊丹的时候，他还觉得这是个有骨气的男人。那个坚守信义、充满男人气概的伊丹究竟到哪儿去了？

那天伊丹又给佃打了几次电话，佃都没有接。

又过了一天，伊丹没有提前预约就突然造访了。

"社长，伊丹社长说希望见您一面。"

"你把他打发走，就说我没时间。"

佃吩咐完，就走到社长室窗前，眺望着窗外。外面刚刚下起雨，他看见伊丹弓着背，在淅淅沥沥的雨水中缓缓离开，连伞也没打。

他应该不会再来了，佃心里想。

然而第二天，第三天，伊丹还是坚持来找他。

"社长，他又来了。"迫田苦恼地说。

"你跟他说，我不会见他的，来多少次都一样。"

不久后，佃去看了久违的殿村。

8

那是个晴朗的秋日，阳光洒在广阔的田野上，给临近收割的麦穗染上了灿烂的金黄色。

"今年的收成应该比往年都好，这多亏了佃先生你们啊，太谢谢了。"殿村的父亲正弘热情地迎接了佃一行，并对他们表示感谢，"而且，我也学了不少东西。"

"学东西啊。"听八十多岁的老人这么说，佃忍不住反问道。

"说来惭愧，我发现自己以前仅凭直觉来种地，白白浪费了好多力气。"

在此之前连智能手机都不太会用的正弘，现在已经能自己打开电脑查看农田的数据了。这是他对水稻的执着换来的成果。

这天佃制作所的人拜访殿村家，其实是有目的的。

他们想参观帝国重工刚刚推向市场的新款无人驾驶农机。

新商品是收割机，也就是收割稻子的机器。跟拖拉机一样，也是无人驾驶的农业机器人。

"这家伙可真了不起。"

正弘说起刚刚到货的"陆鸦收割机"，顿时激动起来。

帝国农业的销售负责人将制作好的地图信息载入电脑，开始在休耕地上进行运行演示。佃制作所的人还是头一次看到这款机器在农田里行驶，大家都很兴奋。

时间一下就过去了，参观完已经下午四点多，佃制作所一行担心高峰拥挤，匆匆离开了殿村家。

他们按照殿村说的近路走，快到高架桥时，佃突然对开车的立花说了一声："立花，麻烦你停一下。"

接着又说："阿山，你看那个。"

只见一台拖拉机停在农田中央，一动不动。

"是'达尔文'。"山崎看了一眼车身的颜色，说，"又是那个故障吧。"

一个农民站在熄火的拖拉机旁边，看起来三十多岁。他妻子也站在旁边，不知所措地看着丈夫。不远处还有一个看似上小学低年级的男孩，带着一个还是幼儿的女孩，担心地看着父母。

夕阳斜照在农田上，男人在家人的注视下打开拖拉机的发动机盖，尝试让它发动起来。

"要不要去帮忙？"

就在立花说出这句话时，一辆汽车超过他们的小货车，沿着农道向左拐了过去。

那辆车上印着农林协的标志。

一个男人慌忙下了车,点头哈腰地道着歉,小跑到农田里。

佃可以看到正在说明故障情况的农户的侧脸,那是一张善良的脸。

面对一迭声道着歉的农林协负责人,他没有发火,只是露出苦笑。

他们不知道看了多久,佃说道:"立花,好了,我们走吧。"

小货车重新启动,佃陷入了沉思。

过了一会儿,佃突然开口道:"如果我们对'达尔文'——不,对幽灵传动见死不救,可能等同于对刚才那个农户和其他境遇相似的人见死不救啊。"

车上的山崎、岛津、轻部、立花和亚纪都听到了佃的话,但没人应声。

佃继续自言自语道:"我们的目标,是拯救日本农业,对吧?那么,刚才那些人是否也要拯救呢?不——我真是个笨蛋,当这样的老好人有点过分了吧。"

"我觉得不算过分。"山崎异常严肃地说。可能在佃陷入沉思的时候,他也在默默思考同样的问题。

"救救他们吧。我们应该救他们。"山崎说。

"我也这么认为。不应该对他们见死不救。"岛津赞同道。

"我觉得我们是应该帮他们一把。"亚纪说。

"我也赞成。"轻部说,"怎么能对那些拼命努力的人见死不救呢。刚才那个人那么无助,他肯定希望有人能帮他吧。"

最后,开车的立花也说:"社长,拜托您了,救救他们吧。"

9

"你们要向'达尔文'提供技术?"

藤间锐利的目光射向站在社长室办公桌前的水原和财前。

"佃制作所分析过了,即使向对方提供他们正在申请专利的变速器相关技术,我们的'陆鸦'依旧能在自动巡航系统、发动机和变速器等方面占据技术优势。"

财前拿出最近一期的《机械科学》,上面有一篇文章,详细比较了"陆鸦"与"达尔文"的技术差异。等藤间看完分析结果,财前继续道:"宇宙航空部对此进行了验证,得出的结果与文章上写的基本一致。我认为,同意'达尔文'使用佃制作所的变速器技术,还能提高用户对我们的评价。"

"如果不授权,会怎样?"

藤间的问题十分直接。

"'达尔文'应该会陷入困境。"

"没有了竞争对手不是一件好事吗?"

财前不知藤间问此问题的真意,严肃地反驳道:"您说得对,没有了竞争对手的确是件好事,可是问题在于目前已经有一千多台'达尔文'卖出去了,购买了这些拖拉机的农户才是关键。假设'达尔文'项目破产,这些农户就会面临困境。为了购买昂贵的拖拉机,他们大多贷了款,可是买回去的东西无法正常运行,厂商又不来换新机器,这会使许多农户陷入走投无路的境地,我们不能坐视不管。"

"这是我们的责任吗?"

藤间故意提出质疑。

"不,不是。"财前摇头道,"一切源于'达尔文'的不义。

从表面上看，这么做可能像是替别人擦屁股，但这个提议实际上来自我们开创务农机器人这项事业的理念。"

"理念……"

藤间抬起头看着他，财前继续道："我们是为了拯救日本农业而开展无人农机事业的，因此，哪怕是竞争对手的用户陷入困境，如果坐视不管，那也是违背了我们的理念。而且，我们是堂堂帝国重工，帝国重工必须在社会上起到模范带头作用。我们要为了社会，为了农业而伸出救援之手。这是本公司应该承担的社会责任。"

藤间沉默了一会儿。他想了许久，转头看向财前旁边的本部长，问："水原，你的想法跟他一样吗？"

"我认为，'达尔文'干脆垮掉最好了。"水原戏谑地说，"可是，我已经把这个项目全权交给了财前。一开始我当然反对这种事，可是财前不依不饶，我也就鬼使神差地答应了。"

财前很难判断本部长这番话是出自真心还是开玩笑，不过藤间跟水原在同一个部门合作过很长时间，两人私下也是心气相通的朋友。他之所以把宇宙航空部本部长的重任交给水原，也是因为有这种信赖关系。

"唔……"

藤间又看了一遍桌上的文件，然后拿起来递到财前面前。

"知道了，照你说的做吧。"

这就是藤间批准佃制作所向"达尔文"提供授权的瞬间。

两人离开藤间的办公室后，水原揶揄道："财前，你用理念忽悠谁呢？难道你能喝露水活下去？"

"理念和利益不一定永远一致。"财前冷静地回答，"可是，没有理念，纯粹追求利益，就只是单纯的赚钱而已。那不是我们帝国重工应该做的事情。"

"哦，我都不知道你原来是个如此崇高的思想家。"

水原咕哝了一句，留下向他默默行礼的财前，快步离开了。

10

"今天，我要向大家宣布一个坏消息，同时也想请各位共同商讨关系到'达尔文'存亡的问题。"

伊丹拿着话筒说完开场白，会议厅里就骚动起来。今天来的都是参加了"达尔文"项目的经营者，包括三百多家中小企业。

这是一次紧急召集全体人员召开的会议。

"首先请各位查看手上的资料。"

为方便进行详细说明，每位参加者都事先拿到了一份"达尔文"发售后的故障数和详情资料。

"导致故障的根本，是本公司幽灵传动生产的变速器。我们对回收的故障变速器进行了精查，发现有零件存在结构性缺陷。这一缺陷可能造成零件磨损、破损或变形，最糟糕的情况下就会导致拖拉机无法运行。目前这样的故障已经上报了十几起。不久前，我们的分销商之一，山谷公司那边针对此事提出了召回建议。"

伊丹站在一张长桌中央，与听众相对。重田坐在他右边，一脸严肃地抱着手臂。纪新的户川在他左边，歪歪斜斜地跷着二郎腿，脸上带着愠怒的表情，盯着会议室的一处虚空。

"本公司的研发人员在判明原因后试图寻找解决方法，但至今仍未找到有效对策。而在这个过程中，我们发现其他企业的类似产品已改善了这一技术问题……"

伊丹看着面前一张张充满期待的脸。

"我诚心诚意地与持有该技术的企业商谈授权事宜——也就是使用他们的专利,遗憾的是,对方没有同意。"

听到这里,部分与会者低下了头。凝重的气氛让伊丹难受,但他还是不得不把话说下去。

"很遗憾,本公司短期内无法修正这一问题。我们的技术尚不成熟,按照现在的情况,还无力修复变速器上存在的缺陷。如此一来,'达尔文'就始终存在随时都可能停止运行的风险。因为我们的能力不足导致这样的故障,给各位合作企业带来了重大的麻烦,实在是对不起。"

伊丹深深低下头。

"今天请各位到这里来,就是希望各位能够根据当前的情况,对该项目今后的发展方向提出意见。"

"请等一等,今后你们什么方向啊?"

坐在最前排的一个人首先提出了问题,是地方众议院议员荻山仁史。

"'达尔文'已经被浜畑首相列为ICT农业推进项目了,还是我荻山上下打点促成的此事。难道说现在要因为变速器的故障解决不了而停产吗?太过分了吧。"

"我来回答这个问题。"坐在旁边的重田拿过了话筒,"刚才伊丹社长的说明还不太清楚,事实上我们正在考虑,如果变速器问题无法解决,就停止一切预订和生产,并且对购买者进行补偿,直到问题解决为止。"

会场上又是一阵骚动。

"开什么玩笑。是你们说要宣传城镇工厂的技术实力,我才答应帮忙的,现在这个样子,不就等于承认我们没有技术实力吗?"

荻山怒从心起。

"在北见泽市那次,浜畑首相还坐到'达尔文'上帮我们宣传了啊,你要给首相脸上抹黑吗?我们这些尽了力的人可怎么办?"

面对政治家毫不遮掩的指责,台上众人面露尴尬。

"我可以发言吗?"

议员身后有人举起了手。此人是新见谦介,是池上那边几家企业的法人会长,地位举足轻重。伊丹也很熟悉。

"荻山老师,您说的我都明白,但您无非也是想利用我们升官发财,这不是五十步笑百步吗?"

会场响起了掌声,荻山露出吃了苍蝇的表情。

"先不说这个。伊丹先生,真的一点办法都没有了吗?"新见关心地问道,"我们这么多人聚到一起,是看中了你们这个项目的理念。好多公司为了宣传地方,甚至顾不上自己的利益。我们这些城镇企业的优点不就是坚韧不拔嘛。我们大家一起想想,肯定能找到解决办法的。那个持有专利的公司是哪家公司?"

新见不愧是个人物,此时说起话来依旧语气平稳。他没有流露出太多感情,态度沉着冷静,几句话就让与会众人也平静了下来。

就在伊丹准备回答新见的提问时,会议室后方的门咔嗒一声打开了。

一个人走了进来。

伊丹拿着话筒,目不转睛地盯着那个人。他这么一看,所有人的目光也都集中在了那个人身上。

来者是佃航平。

佃环视了一圈会议室，在众人的目光下径直向台上走去。

"伊丹先生，可以让我说几句话吗？"

伊丹犹豫了片刻，应该是从佃的语气里感知到了什么，把话筒递了过去。

佃转过身，面向会场众人。

"各位，能听我说几句话吗？请原谅我突然打断这场会议，鄙人姓佃，来自为帝国重工的无人驾驶农机提供发动机和变速器的佃制作所。"

他做完自我介绍，会场就一下子炸开了。

这也难怪，这可是"达尔文"的全体大会，为什么竞争对手帝国重工那边的人会突然跑进来？不过佃同样是城镇企业的社长，会场上也有许多人认识他。

"刚才我去了一趟幽灵传动，得知伊丹社长今天在这里，就追了过来。非常抱歉，我在门外听到了各位的讨论。实不相瞒，伊丹社长前不久再三请求授权的技术，正是本公司在申请专利。"

原来专利在这个人的手上——所有人都露出震惊的表情。

"但是我拒绝了伊丹社长的请求，因为我们是互不相让的竞争对手，我自然不能把核心技术交给他。从这个项目开始，帝国重工就一直被各位的'达尔文'远远甩在后面。面对城镇工厂的挑战，我们一开始就出现了战略性错误，之后销售方面也落后，不得不在困境中战斗。我认为，'达尔文'出了故障，是我们的大好机会。"

这人专门闯进来到底想说什么？所有人都猜不透他的目的，只能屏息静气地听下去。

"在我表示拒绝后，伊丹先生依旧坚持来找我，请我跟他签订授权合同。可是，我一次又一次坚定地拒绝了他。我和本公司的员工，还有帝国重工，都有着守护自身重要技术的信念和尊严。而且最重要的是，我们在做生意，做生意就是要竞争技术、竞争服务，胜者为王，得以扩大市场份额。无论伊丹社长多么诚恳和坚持，我也不能在好不容易得到优势的时候为竞争对手雪中送炭——这就是我不久前的想法。"

佃看向满场的听众。

"不过前不久，我去了一趟枥木县，开车回来的时候，偶然看到了这样的光景：一台拖拉机停在农田中央，一动也不能动。请恕我直言，我一眼就看出那台拖拉机是'达尔文'。农户拼命想让拖拉机动起来，却毫无办法。拖拉机是农户进行耕作的重要工具，甚至可以说支撑着一家人的生活。现在拖拉机不动了，肯定给他造成了重大的打击。当时我看到农林协的人赶了过去，可是等了半天，拖拉机还是没有动起来。我看到农户脸上的失望和不甘，顿时感到痛心不已。然后我突然想到，帝国重工开展无人农机事业的目标和理念不是要拯救日本农业吗？既然如此，向这些人伸出援手，不也是我们该做的吗？不管用的是谁家的拖拉机，我们都应该尽己所能，让农户们高兴起来，不是吗？我当下便说出了我的想法，跟我同行的员工纷纷表示赞成，没有一个人反对。因为大家都是真心想为农业做出贡献，想为农户尽一份力。"

会场变得无比安静。佃热忱的话语让所有人连眼睛都忘了眨，专注地倾听着。

"于是我到帝国重工去说了这件事，提出我们的技术可以拯救那些因为购买了'达尔文'而深受故障之苦的人。帝国重工的项目领导人是财前道生先生，他听了我的提议后马上就赞成授权,并在公司内部做好了安排。他应该是费了一番力气才获得批准的。另外,负责提供自动巡航控制系统的北海道农业大学的野木博文教授也发话了,请我们一定要向'达尔文'伸出援手。经过了这两位的同意,我今天才来到这里。"

佃转向伊丹。

"请使用我们的技术,救救那些相信并选择了'达尔文'的农户吧。请不要辜负他们的期待。我想说的就是这些。如果各位都赞同,那我非常愿意签订授权协议,共同推进日本农业的发展。"

安静的会场中突然响起掌声,是刚才提问的新见。接着有人站了起来,为佃送去热烈的掌声。

佃走向仿佛丢了魂的伊丹,把话筒轻轻放在他面前的桌子上,对他伸出了右手。

最终章 相关人员的日常与反思

1

天上流淌着躁动的云,状若鲸腹。

风比平时要强劲,摇动着地里的麦穗。金黄的麦穗全都垂向地面,不堪收获前的沉重。

"老爸,干脆今天都收完吧?"

殿村把轻型卡车停在农道上,对旁边正一脸凝重地抬头看天的正弘说。

正值秋收时节。

他们往年会花一个月时间慢慢收割,今年到目前为止,收割情况还算顺利。只是现在,他们必须做出重要判断。

四国南海海面上生成的强台风正在东进,这次的台风势头强劲,而且路线飘忽,很难预测。

尚未收割的农田大约有两町步。

如果同时用上无人驾驶收割机,苦干一两天应该能收割完。只是问题在于大米的品质。

过早收割可能会有一部分被称作"青"的不成熟稻米。

有一定比例的"青"是高品质的标志,可是"青"的数量过多就不好了,大米评级时会降级。因此此举可能会对殿村家经营的"殿村家的米"这一自主品牌造成一定影响。

可如果拘泥适合收割的时间,又可能面临眼睁睁地看着稻子被台风和大雨打掉的风险,那样可就得不偿失了。

"本来应该过段时间再收的……"

正弘说着，目光从天空转向稻田，侧耳倾听金黄的涛声。

不知过了多久，他终于做出了决定。

"算了，一口气都收了吧。"

他对殿村说着，黝黑的脸上表情严肃，直视前方的目光带着长年种植水稻之人独特的坚毅。那是一双能够看穿自然发出的微妙信号的眼睛，是只有一两年水稻种植经验的人无法模仿的。

"马上把收割机开出来。"

听到正弘的指示，殿村点点头，开车载着父亲折返家中。

现在是下午三点多。

殿村驾驶收割机的作业时间有限，不过无人收割机"陆鸦"能彻夜工作，就算台风突然改变路径，应该也能在那之前完成收割。

正弘的预感果然没错，当天晚上的新闻就报道：原本向北移动的台风开始转向关东方向，并且有可能登陆当地。

第二天中午过后，在农田里忙着收割的殿村发现一辆轻型卡车正从农道另一头飞速驶来。

因为从昨天傍晚就开始收割了，此时殿村家的工作已接近尾声。无人收割机仍在农田里进行精准作业，按照计划再有两个小时就能结束。室内还在同步进行烘干和砻谷工作，异常忙碌。

轻型卡车停在正查看"陆鸦"运行状况的殿村旁边，一个人神色慌张地探出头来，叫道："殿村！"

是稻本。

自农林协那件事以来，两人就没再说过话。

他从卡车上跳下来，对殿村说："不好意思，你家的收割机要用到什么时候？"

殿村很不想理睬他，可看稻本的表情，似乎有什么大事。

"差不多快完了。"

"等你用完了能借给我吗？"

"啥？你要借'陆鸦'？"

"不，旧机器就好。拜托了，借给我吧。求求你了。"

稻本合掌恳求道。

"为什么？你家不也有收割机吗？"

"来不及啊。"稻本说，"我们收割晚了，再不收可能会被台风打到。"

"还有多少？"

"十町步左右。"

稻本今天一大早开始收割，开动了三台五根垄收割机，不间断工作到现在。但台风预计傍晚就要在关东地区登陆，再怎么算都来不及。

"就算一直干，可能也收不完。可我想尽量多收一些。旧式的有人的收割机就好，麻烦你借我用用吧，拜托了。"

稻本低下了头，农道上又出现了一辆白色小轿车。

那辆车在殿村两人旁边停了下来。

"稻本先生。"

一个人走下车来叫了稻本一声，是农林协的吉井。

"怎么样，找到收割机没？"

看来稻本还请吉井帮忙寻找有空的收割机。

"唉，找不到啊。"吉井语气轻飘飘地说着，抬起手来挥了挥，"大家都想趁台风过来之前把稻子收完，没有一台收割机闲着。就算今天能作业，到傍晚也有点悬。照现在的情况，最后会剩下多少？"

"可能会剩下六町步。"

稻本面色苍白,浮现出绝望的表情。

"六町步啊。"吉井露出有点为难的笑容,"唉,那也没办法了。"

"一句没办法就能打发掉吗?"

看着吉井俨然已经放弃的态度,稻本有点火了。

"事情哪有这么简单。就算闲置的旧收割机也行,你帮我认真找找啊。"

"农户们都在忙着收割,我到哪儿去借啊。时机太不凑巧了。"

吉井一副无可奈何的模样,挠了挠后脑勺。

"我想尽可能多收一些。殿村,借给我吧。"

"您要从殿村先生这里借吗?"

吉井很意外地问了一句,仿佛还藏着一句"怎么偏偏找他"。

殿村犹豫着没有回话。

"不就六町步嘛。"

吉井这句话让殿村猛地看了过去。

"不就"这个字眼他可不爱听。

再看稻本,他也绷着脸看向吉井。

吉井可能把稻本的表情误会成了焦急,淡然继续道:"稻本先生不是加了共济保险嘛,就算全军覆没也没多少损失。"

"你说什么?"稻本声音粗重地说道,"你小子是这么想的?"

"那当然啊,稻本先生不是农业法人嘛。"吉井得意地继续道,"我们思考事情要追求理性,虽说损失不可能为零,但也算不上什么呀。如此想来,区区六町步……"

"少给我胡说八道!"

稻本怒吼一声，吉井马上被他的气势给吓到了。

"你知道我们种地花了多少精力吗？不亏钱就行吗？根本不是这种问题！自己辛辛苦苦种的稻子，当然希望能收多少收多少，这你不明白吗？"

稻本气愤难当，死死握住拳头，连肩膀都开始颤抖。

殿村见他们像要打起来，正要上前阻拦，却被人拍了一下。

是父亲正弘。

他不知什么时候来的，好像听到了稻本和吉井的对话。

"我真是眼瞎了才想靠你帮忙，赶紧给我滚！"

吉井倒退了两步，然后逃也似的跑向车子，迅速离开了。

稻本怒视着那辆车离开，随后转向殿村。

"打扰你们了。为了一己私利跑来求你是我不对。我明白你的心情，不好意思。"

稻本低头道歉，转身准备回卡车上——

"喂，稻本君。"正弘喊了他一声，"你要是不介意，我可以把旧机器借给你。拿去用吧。"

稻本转头呆呆地看着正弘。

"那个——真的可以吗？"

"嗯，拿去吧。有困难的时候要互相帮助嘛。"

"谢谢您，我马上叫人来取——殿村，谢谢你。"

他也对殿村道了声谢，然后跳上卡车，飞速离开了。

"我其实不太喜欢那小子的……"父亲凝视着稻本的卡车，"不过他也有好的地方啊。"

殿村也有同感。此前对稻本的怒气已消失殆尽，有点想把他当成志同道合的朋友了。

"希望他能多收一点吧。"

正弘说着,把头上的草帽摘掉,对即将完成收割的农田静静地合起了掌。

2

宇宙航空部的财前道生主持召开了一次经营企划会。

刚开发时经历了一番苦战的务农机器人,最近这段时间销售额开始上升,目前已超过计划。

以藤间社长为首的董事会成员对财前的汇报赞不绝口,让这场探讨业绩的会议气氛十分活跃。

最受好评的是财前倡导的细致战略。

不仅要在无人驾驶拖拉机和收割机的销售上下功夫,还要进一步深挖ICT农业的本质,提出新的农业生活方式。

为此,财前铺展开包含顾问服务在内的多个辅助项目,在农业领域一点点构筑起帝国重工的城池。

与此同时,这项事业还在公司内外引起了一些其他的变化。

首先,社会对以准天顶卫星八咫鸦为象征的卫星事业,以及与之相关的大型火箭发射事业的关注度日益高涨,这对坚持推进星尘计划的藤间来说无疑是一阵顺风,同时也将成为广泛宣传帝国重工社会作用的契机。

此外,这项事业的顺利发展在反藤间派阵营中引发了一丝波澜,越来越多的人开始暗中寻找可乘之机。

会议上午九点开始,财前做完汇报后进入高潮,最后在隐隐的兴奋中结束,总耗时一小时。

从会议室走出来,会长冲田脸上柔和的笑容顿时垮了下来。

"奥泽,过来。"

他把制造部部长奥泽叫进办公室,当即怒喝道:"这到底是怎么回事!财前的报告是什么意思?制造部还是被排除在外,发动机和变速器到现在还依赖外包。你的小型变速器呢?你不是变速器专家吗?听了那种汇报你竟然能沉得住气?"

冲田的震怒让奥泽瞬间屏住了呼吸,一动都不敢动。不过冷静下来后他吐了口气,还露出了微笑。

"会长,请您放心,我们部门已经研发好了无人驾驶农机专用的小型变速器。现行的机型就算了,我们考虑将它运用到不久后推出的升级机型上。发动机也正在研发,请您再稍等一段时间。"

冲田狐疑地看着他。

"财前怎么说,你跟他谈过没?他今天怎么没提起这件事?"

"我已经找他谈过了。"奥泽谨慎地选择措辞,"不过,由于不用制造部是藤间社长的意思,财前说如果要重新启用,就要提交一份变速器的性能评估数据。"

"既然财前这么说,他可能已经跟藤间商量过了。"

冲田对这种事的判断极为敏锐。

奥泽继续道:"我们本来可以自主评估的,可财前要求提交第三方机构出具的评估报告,于是我们把样品发给了汽车研究院。那里的评估信誉是世界顶级水平。"

"结果什么时候出来?"

"应该快了。"

冲田斟酌了一会儿,问道:"是你亲自指挥设计的吧?"言外之意是在强调这件事的重要性。

"那是当然。"

奥泽挺起胸膛,展现出身负帝国重工变速器品质的骄傲。

"我敢断言,那是不负本公司口碑的优秀变速器。"

"知道了。"

冲田靠在椅背上,总算露出了轻松的表情。

"把最关键的部分外包出去,这样还算什么无人驾驶农机的领军者。那帮人脑子有问题吧。"

熟悉的恶毒评判让奥泽暗中松了一口气,因为这证明冲田的情绪好转了。

"假设未来农机将成为公司的收益支柱,就必须实现主要零件自主生产。"他看向奥泽,锐利的目光让人很难想到他已是一位老人,"不用等升级,得到评估后马上叫他们更换,听到没有?"

"明白了。"

奥泽深深鞠躬,准备离开会长室。

"对了。"冲田冲着奥泽的背影叫道,"的场怎么样,你知道吗?"

"您说的场先生吗……"

的场俊一辞去董事职位后,也拒绝了去帝国重工下属企业就任社长的安排,直接从公司离职了。

然后就没人听说他的消息了。

奥泽联系过他,但他不接电话,也不回邮件。其他人也一样,公司里没有一个人知道的场离职后在什么地方、在干什么。

"我不知道。"

冲田凝视着奥泽,回了一句"是吗",然后就沉默了下来。

奥泽回到制造部,径直走向企划课课长小村的座位。

"汽车研究院那边的检查结果发过来没?应该差不多了吧?"

他问道。

"关于这件事……"

小村一脸为难地站起来,仿佛不知如何开口。

"来了还是没来?"

"来是来了,只不过……"

"那赶紧拿到我那儿去。"

奥泽是个急性子,下完命令便走进了办公室。

没过一会儿,小村慌慌张张地拿来了一大摞文件。

奥泽马上浏览了一遍。

汽车研究院的评估大致分为耐久性和静音性等机械方面的定量分析,以及市场性和竞争力等定性分析。

粗略一看,定量分析部分与内部评估基本一致。

奥泽暗中点头,接着翻开了定性分析部分,突然僵住了。

综合评价:C

"C?"

他忍不住叫出声,看着文件上的评价,怀疑自己的眼睛出了问题。

"这是怎么回事?"

"对不起。"

小村先是道歉,然后开始辩解。

"文件上说,与现有产品对比,那个……咱们的略显过时。我个人认为,呃……这只是对本公司的设计思想有不同的见解……"

"不同的见解?怎么可能!"出乎意料的评价让奥泽既惊又怒,"负责这项评估的人把我们帝国重工当什么了?"

奥泽疯狂地翻动报告书,终于在最后的负责人信息那里找到了名字。

竹本英司。

这时,他发现报告书最后还有一张写给小村的便条。

奥泽拿起便条,小村立刻露出"糟糕"的表情。看来那是他不想让奥泽看到的东西。

"这人你认识?"

"啊,是的。我们一直关系不错……"

便条上写着竹本的评语。

> 帝国重工 小村先生:
> 承蒙您的关照。
> 现送上您委托的变速器评估文件。
> 看过便知,这次贵公司的产品成绩不太理想。
> 目前市场上的农业机械所使用的发动机和变速器已经超出了贵公司的预想,性能要更高。
> 老实说,这台变速器的设计理念恐怕很难在竞争激烈的市场上争得一席之地。
> 上回听您提过是要紧急开展一个新项目,如果是这样,有一家公司生产的高性能变速器或许能符合您的要求。而且他们与贵公司有合作,我且在这里介绍给您。
> 这家公司麾下有一位十分优秀的变速器工程师,或许您可以请那位工程师到贵公司指导变速器设计。
> 联系方式如下:

底下是一处大田区的地址和一个电子邮箱——佃制作所股份有限公司 岛津裕。

奥泽拿着文件的手开始颤抖，怒火和屈辱让他的脸上迅速失去了血色。

"浑蛋！"

他把便条揉成一团，用尽全力扔到墙上。

纸团砸到墙壁上发出一声轻响，随后像嘲笑奥泽一般，在办公室的会客茶几上弹了几下，滚到沙发底下不见了。

3

十月的最后一周，新一届的"日本农业"开幕。

帝国重工展区人声鼎沸，出展的"陆鸦"周围围着层层叠叠的看客。

佃制作所负责供给发动机和变速器，因此来了不少人，此刻都忙着派发传单或为客户介绍机器性能和特点。不一会儿还要进行一次公司与农户的对谈活动，再之后是现场展示，大家都忙得没时间休息。

午饭时间，岛津才抽出空去其他展区转转，这时听到有人叫她。

"阿岛。"

岛津回过头，看见了身披短褂的伊丹大。

"上次谢谢你了。"

伊丹庄重地低下头。

他身后是"达尔文"的展区。

"你怎么样？"伊丹问了一句，脸上露出略显尴尬和羞涩的笑容。

"我很好，伊丹君呢？"

"想办法活着呗。"

佃制作所同意签订授权协议的事仿佛就在昨日，但实际上已经过去了将近一年。

故障机"达尔文"全部召回，幽灵传动为此承担了一大笔费用，一度走到了存亡关头。不过伊丹凭借经营实力撑过了难关。

"是自作自受啊。"伊丹苦笑着说，"可我不能破产，因为不能再给信任我们的农户添麻烦了。而且，那样我可没脸再见慷慨相助的佃先生了。我很感谢佃先生，也很感谢阿岛。你一定不想见到我吧，但我还是想当面对你道声谢——阿岛，谢谢你。"

伊丹笨拙的道谢让岛津笑了。

"干吗这么见外。"她调侃道。可是伊丹看着她的目光却格外严肃。

"签授权协议的时候佃先生对我说过一句话。"伊丹说，"他叫我不要背叛那些相信我的人。还说过去的事情就让它过去吧，我们一起为了日本农业加油。我听完眼泪就下来了。"

岛津头一次听伊丹说这样的话。

"这才是城镇企业的精神啊。"伊丹含泪笑道，"我竟然遗忘了那么久。怎么就忘了呢……"

说着，伊丹双眼噙满泪水，抬头看向了天空。

谢词

在创作《下町火箭：幽灵》和《下町火箭：八咫鸦》时，我得到了众多人士的倾情帮助，在此要表示深深的感谢。

北海道大学的野口伸教授不仅在汽车和机器人方面给了我许多宝贵的意见，还让我学习到了日本农业正在面对的问题，以及立志解决这些问题的学者们的崇高姿态。

NIPPA美国代表田中洁先生向我详细传授了水稻种植的相关知识。他爽快地答应接受采访，还针对农业所面临的问题提出了许多富有意义的见解。

另外，久保田公司、YANMAR公司、YANMAR农机制造的各位向我讲解了以拖拉机为代表的农业器械的现状，还允许我参观工厂，提供了极大的支持。冈山县小桥工业的各位向我讲解了作业机的原理，介绍了各种先进尝试。

一如往常，在知识产权方面，要感谢内田鲛岛法律事务所的鲛岛正洋律师提供宝贵建议。

书中有各种反派登场，这些人物全部为作者虚构，特此声明。

池井户润

SHITAMACHI ROCKET YATAGARASU
Copyright © 2018 Jun Ikeido
Original Japanese edition first published by Shogakukan Inc.
Simplified Chinese translation rights arranged with Office IKEIDO Inc.
through The English Agency(Japan) Ltd. and East West Culture & Media Co., Ltd.
Simplified Chinese translation rights © 2020 by New Star Press, Beijing China.
著作版权合同登记号：01-2019-4706

图书在版编目（CIP）数据

下町火箭.4，八咫鸦 /（日）池井户润著；吕灵芝译. —— 北京：新星出版社，2020.6
ISBN 978-7-5133-4005-2

Ⅰ.①下… Ⅱ.①池… ②吕… Ⅲ.①长篇小说-日本-现代 Ⅳ.①I313.45

中国版本图书馆 CIP 数据核字（2020）第 067659 号

午夜文库
谢刚 主持

下町火箭4：八咫鸦
[日] 池井户润 著；吕灵芝译

责任编辑： 王　欢
特约编辑： 赵笑笑
责任校对： 刘　义
责任印制： 李珊珊
装帧设计： 人马艺术设计·储平

出版发行： 新星出版社
出 版 人： 马汝军
社　　址： 北京市西城区车公庄大街丙3号楼　100044
网　　址： www.newstarpress.com
电　　话： 010-88310888
传　　真： 010-65270449
法律顾问： 北京市岳成律师事务所

读者服务： 010-88310811　service@newstarpress.com
邮购地址： 北京市西城区车公庄大街丙3号楼　100044

印　　刷： 北京美图印务有限公司
开　　本： 910mm×1230mm　1/32
印　　张： 9.75
字　　数： 135千字
版　　次： 2020年6月第一版　2020年6月第一次印刷
书　　号： ISBN 978-7-5133-4005-2
定　　价： 52.00元

版权专有，侵权必究。如有质量问题，请与印刷厂联系调换。